JN248362

暗殺スキルで異世界最強
～錬金術と暗殺術を極めた俺は、世界を陰から支配する～
Author 進行諸島
Illust. 赤井てら

レイトが放った矢が
魔物の硬い表皮をも
貫いた――！

魔物の体に刺さったのは、
とても小さな矢。
だが中に仕込まれた
毒が、魔物の体を
蝕む――！

「……薬だ
これを飲ませろ」

き、傷口が一瞬で……！
まさか高位ポーション？

「邪神の加護を受けた暗殺標的《ターゲット》――」
だが、殺す。

爆発！
爆風！！
そして――!!!

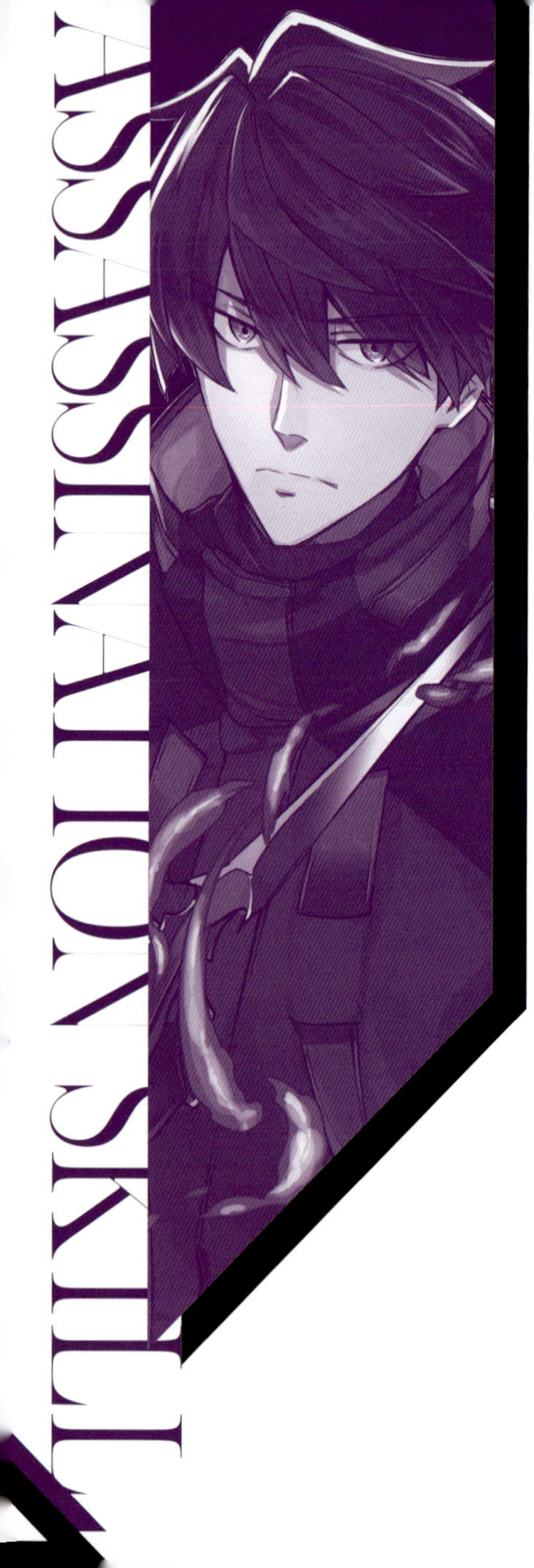

CONTENTS

Strongest in the world with
Assassination skill

暗殺スキルで異世界最強

～錬金術と暗殺術を極めた俺は、世界を陰から支配する～

Author 進行諸島

Illust. 赤井てら

Strongest in the world

with Assassination skill

第一章

生産職。

それは言葉の通り、様々な物質を生産する職業だ。

俺《おれ》、レイトはその職業を生かし――バーチャル・リアリティ・マッシブリーマルチプレイヤー・オンライン（ＶＲＭＭＯ）内の、暗殺者を名乗っていた。

このゲーム――バーチャル・ライフ・オンライン（通称ＶＬＯ）では、普通のゲームに比べ、『死』という概念が非常に重い意味を持つ。
『死』んだプレイヤーは、レベルが一つ下がり、さらに３日間のログイン不可というペナルティを受けるのだ。

高レベル帯においてレベルが一つ下がるということは、１００時間近くにも及《およ》ぶレベリングの成果が無に帰《き》すのに等しい。

これだけでも、十分に重いペナルティなのだが――もっと重いのが、ログイン不可だ。

3日間というと軽く見えるが、それは状況次第だ。

例えば、ギルド同士で領地を奪い合う、ギルド間戦争の直前に主力メンバーが『死』に、ログイン不可となれば——待っているのは敗北だ。

ギルド間戦争の結果は、ギルドの運命すら左右する。

主力メンバーが最悪のタイミングで『死』んだことがきっかけで、崩壊に追い込まれたギルドも少なくない。

となると各ギルドは、ギルド戦争の前などには、敵の主力の『死』を祈ることになる。

だがＶＬＯでは、プレイヤーは滅多《めった》なことでは『死』なない。

通常の戦闘で敗北しても、せいぜい『気絶』の状態で街に送り返される程度。

プレイヤーを『殺す』ことができるのは、一部の大ボスか、他のプレイヤーだけだ。

もちろん、プレイヤーだって簡単に他のプレイヤーを殺せるわけではない。

他のプレイヤーによる殺害を防ぐアイテムは、無数にある。

上位ギルドのメンバーともなれば、何重にも殺害対策をしているのが普通だ。

普通に攻撃を仕掛けたところで、殺害の成功率は2％にも満たない。

——そこで必要とされたのが、俺たち『暗殺者』だ。

俺達『暗殺者』は、暗殺対策をした人々を殺すべく、対策の破り方を研究している。

そして、上位ギルドから暗殺を請け負い、莫大な報酬と引き換えに主力メンバーを殺すのだ。

サーバーのトップギルド同士の戦いとなると、双方のギルドが何十人もの暗殺者を雇い、暗殺者同士で殺し合うような事態になることも珍しくはない。


暗殺の理由は、ギルド戦争だけにとどまらない。

商業系ギルドからの依頼で商売敵《しょうばいがたき》を殺したこともあるし、単に気にくわない奴《やつ》の暗殺を依頼する金持ちだっている。

暗殺者たちは、様々な依頼に対応するために、日々腕を磨いているのだ。


そんな暗殺者の中でも、俺は少し特殊だった。

普通の場合、暗殺者は戦闘系職業——それも、遠距離からの狙撃《そげき》を得意とする『アーチャー』、接敵時の瞬間火力に優れる『デュアルブレイダー』などを選ぶ。

だが俺は、生産職だった。

毒薬や爆発物《ばくはつ》、その他様々な絡《から》め手を使って、対象を殺すのだ。

もちろん戦闘系職業に比べれば、戦闘力では劣るのだが——戦闘系職業による暗殺と違って、対策法が確立されていないのがいい。


上位ギルドのメンバー相手の暗殺の場合、依頼の達成率が15%もあれば優秀な暗殺者だと呼ばれるのだが——俺の暗殺成功率は、99・9%を超えている。

1000回以上の暗殺依頼を受けて、失敗はたったの1回。

この成功率は、恐らくVLOの暗殺者の中でトップだろう。


そんな俺に……ある日、妙な依頼が入った。


「こっちのメールか、珍しいな」

俺は依頼を受けるために、いくつものメールアドレスを持っている。

一般公開されているアドレスには、それこそ毎日何十件もの依頼メールが届くのだが……今日メールが来たのは、特に重要な依頼主にしか教えていないメールアドレスだ。
だが……。

「誰《だれ》だこいつ」

メールの送信者は『女神ミーゼス』。
聞いたことのない名前だ。
俺は不審に思いながらも、メールを開く。

レイト様、助けてください。
ゲーム内でお待ちしております。
プレイヤー名：女神ミーゼス

「……これは……イタズラか？」

俺はメールの中身を見て、眉《まゆ》をひそめた。

依頼の内容についてゲーム内で話すというのは、よくあることだ。

問題は……そこに書かれていたプレイヤー名だ。


このVLOでは、名前に使えない文字がいくつかある。

『神』は、その中の一つだ。

なぜ使えないのかは、VLOの謎《なぞ》の一つとされていたが——『神』の文字が名前に使えないことは、俺も確認したはずだ。

だから、『女神ミーゼス』などというプレイヤーが、存在するはずはない。

そう考えつつ俺は、ゲームウィンドウに『女神ミーゼス』という名前を打ち込んだ。

もし『女神ミーゼス』というプレイヤーが存在するとすれば、これで通信がつながる。

……存在すればの話だが。

「あっ……つながりました！　メール読んでくれたんですね！」


——つながった。

「名前に『神』が入ったプレイヤー……まさか実在したとはな。知らない間に、解禁されていたのか？」

「えっと……私は神なので、名前に神って入ってるんですよ？　……自分が作ったゲームなんですから、名前くらい決められない訳ないじゃないですか」

……どうやら、痛い人みたいだな。

まるで、このゲームを自分で作ったかのような言い草だ。

だが、あのアドレスにメールを送ってきた人間の依頼は、最優先で対応すると決めている。

たとえ相手が知らない人間であっても、例外はない。

「分かった。依頼の内容を教えてくれ」

「はい。……異世界の神、『マスラ・ズール』の暗殺です」

……『マスラ・ズール』。

聞いたことのない名前だな。

強いプレイヤーの名前は、全《すべ》て把握している。

俺が知らない名前ということは、大したプレイヤーではないのだろう。

探し出すことさえできれば、暗殺は難しくなさそうだな。


「分かった。報酬は？」

「そうですね……何が欲しいですか？」

「ゴールドで頼む。面倒がないからな」

「ゴールド……金ですか。分かりました。では純金を１０００トンでどうでしょう？」


うん。

これは重症だな。

どうやら今回の依頼人は、まともに話が通じないらしい。

「真面目《まじめ》に答えてくれ。純金1000トンって、いくらになると思ってる」

「私は至って真面目です！　……純金1000トンは、今の相場だと5兆円くらいですね。もちろんちゃんとお支払いしますよ。向こうの世界で、ですけど」

向こうの世界……？

いよいよ、言っている意味が分からなくなってきた。

この依頼人は信用できない。

普通なら、とっくに依頼を断っているところだ。

だが……ある予感が、その選択を阻《はば》んでいた。

この依頼を受けたら……面白《おもしろ》いことになる。

長年ゲームを続けてきた俺のカンが、そう告げていた。

「分かった。受けてやろう」

「やった！　……ありがとうございます！　あなたに断られたら、私は死を待つばかりでした！」

「……大げさだな。たかがゲームくらいで」

女神ミーゼスの言葉を聞いて、俺はそう呟《つぶや》いた。

それを聞いて――女神ミーゼスは、きょとんとした声を出した。

「え？　たかがゲーム……じゃ、ないですよ？」

そんな言葉とともに、俺の目の前に転送石が送られてくる。

この転送石は、イベントなどで特殊マップに移動する際に使うアイテムだ。

「えっと……説明してる時間がないので、とりあえず依頼場所に送っちゃいますね！」

女神ミーゼスがそう告げると、転送石が光り始めた。

……転送石は、自分で発動を宣言しなければ、使えないはずなのだが。

というか……いま依頼対象の場所に送り込まれても困る。

「待て、準備をさせてくれ。身一つで戦える戦闘職じゃないんだぞ。まずは敵の性質と状況を把握して、それから対策をだな――」

「あー……対策は向こうで立ててください。残念ながら、ここにあるアイテムは持ち込めないので」

「アイテムが持ち込めない？　そんなマップがあるなんて、聞いたことないぞ」

確かに一部のゲームでは、アイテム持ち込み不可のマップがあったりする。

だがＶＬＯには、そういったマップは存在しない。

そもそも……そんなマップで暗殺をさせたいなら、俺のような生産職を呼ぶ意味が分からない。

身一つで暗殺をさせるなら、どうして戦闘職を選ばないのか。

そう考えていると――女神ミーゼスが答えた。

「えっと、転送先はゲーム内じゃなくて、異世界なので」

「……は？」

「しかしご心配なく。レイト様の力――スキルや知識は、異世界でも役に立ちます。転送先には、レイト様が存分に活躍できる環境も準備していますので、安心して依頼に専念できますよ！」


その言葉を聞いた、次の瞬間。

転送石が起動し――俺はどこかへ転送された。

転送石の光が収まると、周囲が見えてきた。

女神ミーゼスは、俺が安心して依頼に専念できる環境を用意したと言っていたが……。

周囲にあるのはただの森だ。
これが安心して、依頼に専念できる環境なのだろうか。

とりあえず……周辺の地形でも確認するか。
そう考えて俺は、アイテムボックスからコンパスを取り出そうとする。

だが……アイテムボックスの中身は空だった。
どうやら……アイテムが持ち込めないという話は、本当だったようだな。

「おい、この森はなんだ？」

俺はそう、女神ミーゼスに問うが……返事はなかった。
通信もつながっていないということだろうか。

そう考えつつ俺は、周囲を観察する。
周囲の森は、ＶＬＯで見慣れた景色に近い。
だが……決定的に違う点が一つあった。

映像が、綺麗《きれい》すぎるのだ。

最近のＶＲＭＭＯには、画質にこだわった作品も少なくないが……それらと比べても、この景色は高解像度すぎる。

まるで、リアルの景色を眺めているようだ。

俺がゲームに使っていたパソコンに、こんな映像を再現できるような性能はない。

というか、世界のどこを探してもないだろう。

女神ミーゼスは、俺を異世界に送ると言っていたが……まさかあれは本当だったのだろうか。

そう考えていると……声が聞こえた。

「すみません、……すみません！」

……女神ミーゼスの声だ。

だが、その声は先ほどまでと違い、かすれたような声になっている。

「……何があったんだ？」

「ええと……レイト様をこの世界に転送するところまでは成功したんですが……私の力が足りなくて、転送先の指定に失敗したみたいです……」

転送先の指定に失敗……。

なるほど。

それでこんな、何もない森の中に放り出されたという訳か。

迷惑な話だな。

「力が足りなかったって、どういうことだ？」

「実は私、だいぶ信者が減ってしまって……昔みたいな力は、振るえなくなっているんです」

「……信者？　信者が力になるのか？」

「はい。神の力の源は、信者たちの信仰です。……そして、信仰を失った神は力を失い……っいには消えてしまいます。消えた神は、人々の記憶にすら残りません」

なるほど。

神ってやつも大変なんだな。

「つまり、お前もそうなりつつあるってことか」

「理解が早くて助かります！　実はそうなんです！　……ちなみに私以外の神は、もうみんな悪神マスラ・ズールに滅ぼされて消えちゃいました！」

俺の言葉に、女神がヤケクソ気味に答えた。

どうやら俺は死にかけの女神によって、敵対する神を暗殺するために呼び出されたようだ。

……色々と訳の分からない状況だが、状況が意味不明すぎて、逆に信じる気になってくる。

というか、信じるしかないだろう。

実際に今……俺の目の前には、ＶＲＭＭＯでは表現不可能な、異世界の景色があるのだから。

「ってことは、今この世界にいる神は、お前とマスラ・ズールだけなのか？」

「はい！　マスラ・ズールは他にいくつも名前を持っていますが……本体は２人だけです」

となると……１０００トンの純金という報酬も、本気だったのかもしれないな。

マスラ・ズールが死ねば、女神ミーゼスはこの世界で唯一の神ということになる。

そうなれば、純金の１０００トンや２０００トンくらいは簡単に用意できるのかもしれない。

「お前は、他の名前は持っていないのか？」

「はい。本当の名前以外で信仰されても、力は得られませんから」

「……じゃあ何で、マスラ・ズールはいくつもの名前を持ってるんだ？」

「他の神の信者を減らすために、わざと教義の近い宗教を作るんです。他にも自分の信者に、他の神の信者を殺させたりとか、拷問で改宗させたりとか……とにかくひどいんですよ！」

神を殺すには、信者を滅ぼすか、改宗させて力を削《そ》げばいいという訳か。
参考になるな。

そう考えていると……通信が不安定になり始めた。
女神ミーゼスの声に、ノイズが走り始める。

「おい、どうした？」

「……ごめんなさい、通信も限界みたいです！　神力が足りなくて……」

なるほど。
そろそろ、通信も切れるという訳か。
なるほどなるほど。

「おい……まさか森の中に放り出して、そのまんまとか言わないよな？」

「す……せん……ません！　でも、……ラ・ズールさえ倒し……れれば、力を……戻して報酬はお……いしますから！」

女神の声は、もうほとんど聞き取れなくなっていた。
どうやら、俺は本当にここに放り出されてしまうようだ。
そう考えていると……通信が切れた。

やれやれ、とんだ地雷依頼を受けてしまったようだ。
だが……これは受けて正解だったな。
こんな面白い依頼は、他にないだろう。

第二章

依頼について考えながら、俺《おれ》はあたりを見回す。
とりあえず、暗殺より先に……生活基盤を確保する必要があるな。
周囲に人の気配はないし、サバイバルの始まりだ。

「『ピュア・ウォーター』」

俺がそう唱えると、手の先から水が出た。
どうやら、ＶＬＯの魔法はそのまま使えるようだな。
ということは、生産スキルも使えるということか。
このサバイバル――イージーモードだな。「さて……何からやるかな」
身一つで森の中に放り出された俺だったが、あまり心配はしていなかった。

必要なものがあるなら、揃《そろ》えるだけだ。
生産スキルは、材料さえあれば何でも作れるからな。

「『サーチエネミー』」

俺はまず、周囲に強力な魔物が存在しないことを確認する。
すると……さっそく、いくつかの魔力反応が見つかった。
魔物は強いというほどでもないが、弱くもなさそうだ。

「……あんまり安全な森じゃないみたいだな」

準備は急ぐ必要がありそうだ。
丸腰の状態で魔物に出会えば、待っているのは死だけだからな。

「とりあえず、金属か」

武器を作るのにも、工具を作るのにも、金属は絶対に必要になる。

ではこの状況で、一番手に入りやすい金属は何だ。

そう考えて俺は、地面から何の変哲も無い岩を拾い上げた。

そして……。


「『抽出』、アルミニウム」


俺がそう唱えると、岩がボロボロと崩れ……俺の手の中には、アルミニウムの塊が残った。

『抽出』というのは錬金魔法の一種で、物体から狙《ねら》った成分だけを取り出す魔法だ。

さっき拾った岩の主成分は酸化アルミニウムだから、アルミニウムを取り出せたという訳だ。

アルミニウムはあまり頑丈な金属ではないが、金属であることに変わりはない。

今の状況で、贅沢《ぜいたく》は言っていられないだろう。

砂鉄があればよかったのだが……このあたりの地面は、砂鉄をあまり含んでいないようだしな。

時間ができたら、ちまちま集めるのもありかもしれないが。

「とりあえず、これでいくか」

俺はいくつかの岩から500グラムほどのアルミニウムを『抽出』し、アルミニウムを手に入れた。

酸化アルミニウムは、とても強い結合を持った鉱物だ。

『抽出』でアルミニウムを取り出すには、その結合を引き剝《は》がさなければいけないので、魔力消費が大きい。

あまり沢山作っていると、魔力がなくなってしまう。

加工にも魔力は必要なので、このくらいにしておくのが身のためだろう。

だが……この量は、まともな武器を作るには少なすぎる。

夜を明かすためには家も作りたいし、家を作るなら工具も必要だ。

となると、武器に回せるアルミニウムの量はさらに少なくなる。

この状況で作れる武器というと……。

「『変形』」

俺はアルミニウムを少しだけ取って、形を変え……針を作った。
この針は物理的な攻撃力をほとんど持たないが、暗殺者にとっては定番ともいえる武器だ。
殺傷力を補う方法は、すでに見つかっている。

「……こんなものが生えているとは」

俺はそう言って、地面に生えていた草を引き抜く。

——シビトソウ。
根の部分に、猛毒を持つ草だ。
俺はその草の根を、手近にあった石ですりつぶし……その毒を、針の先端に塗りたくった。

これで、即席の武器ができた。
高位の魔物が相手だと流石に効かないが、『サーチエネミー』で見つかった程度の魔物が相手なら、効果を発揮してくれるだろう。

あとは俺が、どこまで戦えるかだな。

「『ステータスオープン』」

俺は自分の能力値を確認すべく、『ステータスオープン』を発動しようとした。
これは、自分の能力を数値化して表示してくれる便利なコマンドなのだが……。
コマンドを唱えても、見慣れたステータス画面は表示されなかった。

「なるほど、ゲームとは違うって訳か」

どうやら、自分の力を簡単に知る方法はないようだ。
となると……スキルを使ってみるしかないか。

俺は周囲を見回し、近くにあった細めの木に目をとめた。
そして……木を蹴《け》りつけながら、武技『クラッシュキック』を発動した。
すると、メキメキという音とともに、木が倒れた。

『クラッシュキック』はその名の通り、蹴りの威力を上げる武技だ。

生産職といえども、高レベルになれば多少の攻撃スキルは覚える。

木が折れたということは、ちゃんと発動もできたし、威力もそれなりにあったということだ。

恐らく、VLOと同じくらいのステータスは持っているのだろう。

生産職のステータスは防御寄りなので、攻撃にはあまり期待できないが……さっき『サーチエネミー』で見つかったくらいの魔物の攻撃なら、防御力ではじき返せるかもしれない。

うん。

このサバイバル、イージーモードだな。

「とりあえず、家でも建てるか」

あんまりのんびりしていると、夜が来てしまう。

魔物は夜に活性化《かっせい》することが多いので、それまでには家を用意しておきたい。

設計図はない。

家の土台もない。

木材もない。


だが俺には……ＶＬＯで積んだ経験と、生産スキルがある。

生産スキルというのは、互いに密接に絡《から》み合《あ》っている。

そのため俺は、ありとあらゆる生産スキルを、サーバー最高峰と呼ばれるまでに鍛え上げていた。

暗殺で得た莫大《ばくだい》な報酬のほとんどは、スキル強化のために使っていたくらいだ。

だから、こんな何もない状況でも……家が建てられる。

俺が一人で住む程度の家なら、半日あれば十分だ。


「さーて、建てるか！」


とりあえず、木材の調達からだな。

そう考えて俺は、持っていたアルミニウムを『変形』でノコギリに変えた。

◇

数時間後。

「できた！」


何もなかった森の一角に、家が建っていた。

間取りは３ＬＤＫ。

たった数時間で仕上げたにしては、まともな仕上がりといえるだろう。

というか、一人で住むには大きすぎるくらいだ。


だが……まだ家の中にはほとんど何もない。

余った木材で、テーブルとベッドぐらいは作ったが……今俺にとって最も必要なものが、この家にはない。

……そう。食糧だ。

その辺に生えている植物の中から、食べられるものを探すのもありなのだが……。

「やっぱり、魔石はほしいな」

魔道具。

魔物からとれる魔石を加工することで、様々な魔法を魔力消費なしに、安定して発動させることができる道具だ。

作り手の腕次第で、その性能は大きく変わる。

つまり……高レベルの生産スキルを使えば、すごく便利な魔道具が作れるという訳だ。

その中でも、今すぐに欲しい魔道具が一つある。

だが、魔石がなければ魔道具は作れない。

そして……魔石は、魔物からしかとれない。

「仕方ない、狩るか」

魔物との戦いは、もうちょっと装備を調えてからにしたかったのだが……俺は魔道具の誘惑に負けた。

こうして俺は、魔物との戦いに出ることを決めたのだった。

「ちょっと準備するか」

魔物と戦うには、今の装備では少し不安がある。

一応、毒針はあるが……。

「……これは、食事に使うようなもんじゃないな」

シビトソウの毒は、普通に人間にも効く。

この毒針で倒した魔物を食ったら、俺自身が中毒しかねない。

ということで……まずは武器だ。

アルミニウム５００グラムでは、ちゃんとした近接武器は作りにくいが……幸い、このあたりは木が豊富だ。

木があれば、弓は作れる。

「問題は弦《つる》か」

弓の材料になる木はいくらでもあるが、丈夫な糸がなければ弦は作れない。

ここで手に入る、丈夫な糸というと……。

「あったあった」

俺は近くの木に巻き付いていたツタ植物を、木から引き剝がす。

そして……。

「『抽出』――繊維」

魔法で、繊維だけを取り出した。

だが、ツタ植物からとった糸はそのままだともろく、使えたものではない。

だから、何本もの糸を編んで、1本の強い弦にする。

「……これ、結構面倒だな」

ただ糸を編むだけだと、まだ強度が足りない。
そこで俺は糸を編みながら、糸に少しずつエンチャント（強化魔法）を付与することで、さらに強度を上げていた。
そして……。

「よし、完成だ」

できあがった弦を、適当に取ってきた木に張ると、弓が完成した。
見た目は不格好だが……性能は悪くないはずだ。

俺は家を建てた時に余った木で矢を大量に作ると、家を後にした。
さあ、狩りの時間だ。

◇

「『サーチエネミー』」

魔法を使ってみると、前に索敵をした時より多くの魔物が、森の中にいることが分かった。
もう日も暮れかけているので、魔物も活性化しているらしい。

そんな魔物の中で、家から近いものを狩りのターゲットに決めた。
……正直、どんな魔物なのかは、近付いてみなければ分からない。
『サーチエネミー』が教えてくれるのは、魔力反応の位置と、大きさだけなのだ。

「よっ……と」

俺は魔力反応に近付くと、木に登った。
ここから狙撃《そげき》をするという訳だ。
正直、あのくらいの大きさの魔力反応なら、正面から戦っても勝てるはずだ。

というのも、高レベルの生産職は非常に防御力が高いので、生半可な魔物が相手ではダメージすら負わないのだ。

そのおかげで生産職は、危険なダンジョンにでも素材を取りに行ける。

だが……異世界に来て初めての戦闘は、慎重にいきたい。

戦ってみたら、敵が思ったより強かった……なんてことになれば、それこそ死にかねないからな。

この世界は、ゲームではない。

死んだらそこで終わりだ。

3日間のログイン不可くらいで済む訳もない。

俺は少し緊張しながらも、遠くに目をこらす。

するト……ちょうど魔力反応があった場所に、全長1メートルほどのカエル型の魔物がいるのが目に入った。

「……カエルか」

とりあえず、食える魔物で助かったと言うべきか。

これで見つかったのが岩石系の魔物とかだったら、俺はそこらに生えている草を食べて生き延びなければならなかったところだ。


だが、初戦の相手としては微妙だな。

カエルは高く跳ねることができるので、木の上に登っていても安全とは言えないのだ。

とはいえ……今から他の魔物を狩りに行くとなると、それなりに時間がかかってしまう。

すでに日が暮れかけなのを考えると、こいつを狩るのが一番マシだな。


そう考えつつ、俺は弓に矢をつがえる。

そして、思いっきり引くと……矢から手を離した。


ヒュッ、という音とともに矢が飛んでいき、カエル魔物に突き刺さった。

即席の矢だが、この距離で1本目から当たるとは。

なかなかの精度だな。


「グエッ……グエエエェェ！」

矢が刺さったカエルは、怒りの声を上げながらこちらに跳ねてくる。

流石にでかいだけあって、一撃とはいかないようだ。

まあ、威力不足は仕方がない。

俺は生産職であって、アーチャーではないのだ。

自分で作った武器なのだから、当てるくらいはできるが……威力が出ないのは想定済み。

そこは、数でカバーだ。

「グエッ！　グエエエェェ‼　……グエエエッ」

俺は用意していた矢を、カエル魔物に向けて次々と射る。

矢は１本も外れることなく、カエル魔物に突き刺さっていった。

そして……。

「グ……グエエ……」

俺の元へとたどり着く前に、カエル魔物は絶命した。

どうやらこの弓は、十分戦える威力のようだ。


「あー……やっぱり、毒袋はあるんだな」


俺はさっそく、カエル魔物を解体し始める。

カエル系の魔物はＶＬＯでも扱ったことがあるが、解体にはちょっとしたコツがある。

というのも、カエル系の魔物は、体内に毒袋を持っていることが多いのだ。

毒袋は、１匹のカエル魔物に10個ほどある。

そして……その毒袋を一つでもつぶしてしまうと、全身に毒が回り、素材がドロドロに溶けてしまう。

慣れれば解体は簡単だが、慣れていないうちは何匹ものカエル魔物をダメにしたものだ。

毒袋は生産の素材にもなるので、傷つけないように気を付けながら引き剝がして、アイテムボックスにしまっておく。

そうして解体を進めるうちに……魔石が見えた。

「さて……どんな魔石かな」

魔物によって、とれる魔石は違う。
強い魔物からはいい魔石が、弱い魔物からは粗悪な魔石がとれる。
あまりに粗悪なものだと、魔道具の材料としては使えないのだが……。

「これなら、いけそうだな」

どうやらカエル魔物の魔石は、安心して魔道具に使えるだけの品質を備えているようだった。
肉にも毒はなさそうだし……いい魔物を倒せたな。
そう考えつつ俺は、カエル魔物の肉と魔石を持って、家へと戻った。

「初日から、なかなか豪華な食事にありつけそうだ」

俺はテーブルの上にカエルの魔物を置いて、そう呟《つぶや》いた。

カエルの肉は、ゲテモノとして扱われがちだ。

だがカエルの肉は鶏肉に近い味で、なかなか美味《うま》いのだ。

いきなり森の中に放り出された日に用意できるものとしては、贅沢すぎるくらいだろう。


……とはいえ、一番嬉《うれ》しいのはやはり魔石だな。

いつまでもここでサバイバル生活を続けていても、神など殺せない。

正直、少し腹が減ってきたところだが……それはいったん後回しにしよう。


「……魔道具作りといくか」


俺の最終目的は、悪神マスラ・ズールを殺すことだ。

マスラ・ズールが本当に悪い神なのかどうかは、まだ分からない。

女神ミーゼスが信用できるかも、分からない。

だがそんなこと、俺には関係ない。

俺は暗殺の依頼を受けた。だから対象を殺す。それだけだ。

第三章

俺は依頼を遂行する。それだけだ。そのために……まずは人間に会って、この世界の社会へとアクセスする必要がある。

この魔石で、そのための魔道具を作る。

「さて……うまくいくかな」

俺《おれ》が今回作るのは、魔力反応を感知する魔道具だ。

だが、魔力ならなんでも探知するという訳ではない。

今から作る魔道具は、『魔法』に使われている魔力だけを感知する。

魔物や動物も、魔力は持っている。

だが魔法を使うのは、基本的には人間だけだ。

そのため、魔道具に反応があった場合、そこに人間がいると分かる。

暗殺にも使えるし、近くを通りがかった人の後をつければ、街などにもたどり着けるだろう。

今の俺にとっては必須ともいえる魔道具だ。


この魔道具を作るのは簡単だが、その感度は製作技術に左右される。

初心者が適当な材料で作ったものなら、せいぜい半径1メートル程度の魔力反応しか拾えないが……高位の生産職が本気の材料で作れば、半径数キロにもわたる範囲をカバーしてくれる。

今回の場合、技術は問題ないのだが……材料は微妙だな。


「とりあえず、作ってみるか。……『変形』」


そう言いながら俺は、アルミニウム製のノコギリを、ハンマーに作り替えた。

そして、石の上にアルミニウムの欠片《かけら》を置いて、魔力を込めながら叩《たた》く。

すると……アルミニウムの欠片が、次第に長細い針のような形になってきた。

この針をアンテナ代わりに使うことで、魔道具の感度が上がるのだ。

探知系魔道具の質は、魔石と針の質で決まるといっても過言ではない。

だから針は『変形』ではなく、魔力を込め……エンチャントを付与しながら、少しずつ成型する。

変形魔法は手軽だが、鍛造に比べると質が劣るのだ。

そうして俺は、しばらくの間、針を鍛造し……。

「こんなもんだな」

ハンマーの魔力が針に入らなくなったところで、叩くのをやめた。

この材料では、このあたりが限界だろう。

できればミスリルを使いたかったのだが、贅沢は言えない。

「『接着』『付与』！」

そうしてできた針を魔石と接着し、必要な魔法を付与したら、魔道具は完成だ。

これで、周囲で魔法が使われればすぐに探知できるはず。

作ってみた感覚だと、効果範囲は半径1キロといったところか。

「『ピュア・ウォーター』」

試しに魔法を使ってみたら、魔道具が鈍い音とともに光り始めた。
どうやら、ちゃんと機能しているようだな。

……大工仕事からの鍛冶仕事で、さすがに腹が減ってきた。
そろそろ、飯にするか。

「『変形』」

俺はさっきまで使っていたハンマーを、今度は串の形にして、ぶつ切りにしたカエル肉を刺した。
肉を焼くくらいなら、炎魔法でも簡単なのだが……生産系魔法の使いすぎで、もう魔力の残りが心もとない。

そう考えつつ、家の外に目をやると……家を建てるときに使った木の切れ端や削りくずが、積まれているのが目に入った。

いい感じに、薪《まき》に使えそうな切れ端もある。


あれでも燃やすか。

炎は、魔物避《よ》けにもなるしな。


「『スミス・ファイア』」


俺は鍛冶用の炎魔法を最低出力で起動して、削りくずに火をつけた。

それから徐々に大きい切れ端に炎を移していき、最後は大きい薪に火がつく。

そうしてできた薪の周囲に、俺はカエル肉の串を刺していく。

薪の火力はなかなか強いようで、5分としないうちに、肉はじゅうじゅうと音を立て始めた。

「……火は、しっかり通した方がよさそうだな」

うまそうな音を立てて焼ける肉を見ていると、早く食べたくなるが……生焼けのカエル肉で腹を壊したりしたら、笑えない。

そういうチャレンジをするのは、せめてポーションを作ってからにするべきだ。

肉は生焼けくらいの方が美味《うま》いという話はあるが、ここは異世界だ。

まずは味より、生存を優先しなければならない。

だが……。


「『抽出』――食塩」


俺は残り少ない魔力を使って、地面から食塩を抽出した。

魔力を使ってまで塩味をつける必要があるかというと、別に必要はないのだが……このくらいの贅沢はいいだろう。

異世界に来て初めての食事が、味付けすらしていないカエル肉とか、あまりにも悲しすぎるし。


そんなことを考えていると、肉がいい感じに焼けてきた。

そろそろ、食べても大丈夫だろう。

俺は魔法で作った塩をカエル肉の串にふりかけると、一息にかぶりついた。

――うまい。

カエル肉はあっさりしたイメージだったのだが、思ったよりも脂がのっている。

しかし……カエル肉に、塩をかけただけのものが、こんなに美味いとはな。

『空腹は最高のスパイス』とは、よく言ったものだ。

そんなことを考えながら、俺は串に刺したぶんのカエル肉を食い尽くした。

◇

「さて……これをどうするかだな」

食事を終えた俺は、カエル魔物の残りを眺めていた。

今日倒したカエル魔物は、全長1メートル近い。

当然、一食で食い切れる量ではない。

今日の串焼きになったのは、カエル魔物のほんの一部だ。

残りは、保存しておきたいのだが……冷蔵庫や冷凍庫《れいとうこ》を作るには、魔石が足りない。

かといって、この時間から魔物との戦いに出るのも避けたいところだ。

VLOでは、素材は全《すべ》てアイテムボックスにしまっていたので、特に保存を意識することはなかった。

この世界でもアイテムボックスは使えるようだが……入れた肉が、アイテムボックスの中で腐ったりはしないだろうか。


「まあ、ものは試しか」


そう言って俺は、カエル魔物をアイテムボックスに入れた。

VLO内では、アイテムボックスに入れたものが腐るなんてことはなかったが……この世界でもそうだとは言い切れない。

となれば、実験してみるしかないだろう。

腐ったらもったいないが、その時にはその時だ。


そんなことを考えつつ、俺は新しく作ったベッドで眠りについた。

……ふとんもマットレスもないので、ゴツゴツして痛い。

マットレスの調達は、今後の課題だな。


翌朝。


起きた俺は、体のあちこちの痛みに顔をしかめた。

原因は分かっている。ただの木でできた、お粗末なベッドだ。

睡眠の質は、起きているときの行動の質を左右する。

これも、急いで対応した方がよさそうだな。

そんなことを考えつつ俺は、家の外へと出た。

できれば、人を探しに探索に出たいところだが……この世界の住民が友好的か分からない以上、なんの準備もできていない状態で行くわけにはいかない。

もう少しまともに準備をしておく必要があるだろう。

とりあえずは、ポーションだな。

怪我《けが》を一瞬で癒やすポーションは、戦闘の必須アイテムだ。

昨日はポーションなしで戦ったが……あんなことは二度としたくない。


「あったあった」


幸い、ポーションの材料になる薬草は、近くに生えていた。

マイア草という、ありふれた薬草だ。

薬草の中では最低ランクに近いが、これでもエンチャントなどを駆使して調合すれば、『レベル2』と呼ばれるポーションが作れる。

VLOで上位プレイヤーたちが使っていたポーションは『レベル11』だ。

『レベル11』と比べれば、『レベル2』の回復量は、500分の1程度でしかない。
だが、それでもないよりはよっぽどマシだろう。

俺のHPだと『レベル11』なんか、宝の持ち腐れだし。
できれば『レベル4』あたりまでは用意しておきたいところだが、それは今後の課題ということにしておこう。

そんなことを考えつつ俺は、薬草をどんどん拾い集めていく。

「こんなもんか」

それなりに薬草が集まったところで、俺はいったん家に戻った。
そして……魔力を込めながら薬草をすりつぶし、絞った汁を水と混ぜて火にかける。
このまましばらく煮れば、レベル2のポーションは完成だ。
低級のポーションは作るのが楽でいいな。

「そういえば、入れ物がないな。……変形」

ＶＬＯでは薬瓶《びん》が普及していたが、残念ながらここには薬瓶すらない。
仕方なく俺は、手元にあった木を変形魔法で整形し、小さなボトルを作った。
そしてボトルの口に、コルク状に整形した木を無理矢理ねじ込む。

あまり使い勝手はよくないかもしれないが、これで一応封ができる。

「よし、いい感じだな」

ボトルを作っているうちに、ポーションが完成した。
俺は５つのボトルに分けて『レベル２』のポーションを入れ、アイテムボックスにしまい込んだ。
とりあえずこれで、まともに戦闘ができそうだ。

今日は近場で、魔物でも狩って回るか。
色々と、作りたい魔道具もあることだしな。

◇

日が暮れる頃。

俺は10個ほどの魔石を手に入れて、ホクホク顔で家へと戻っていた。

これだけあれば、色々と便利な魔道具が作れる。

「とりあえず必要なのは……閃光弾《せんこう》あたりか」

閃光弾は、強烈な閃光を発することで敵の視覚を奪う魔道具だ。

使い捨ての魔道具なので、コスパは悪い。

だが緊急時には便利なので、俺は常備することにしている。

特に、対人戦では非常に強力だ。

「『破砕』」

俺は拾ってきた魔石を、魔法で砕いた。

魔石を砕くと、中に入っていた魔力の半分以上は空気中へと逃げてしまう。
少しもったいない気もするが……閃光弾は、魔石を砕かなければ作れないのだ。

「『付与』『付与』『付与』『付与』『付与』……」

俺は砕けた魔石をさらにすりつぶしながら、念仏のように付与魔法を唱える。
付与しているのは、光魔法だ。
この作業が、閃光弾作りのキモだ。

魔石の破片に魔法を付与しても、効果は一瞬しか発揮されない。
破片一つだけだと、かすかな光が一瞬ともるだけだ。

だが、一つの魔石を細かくすり潰《つぶ》すと、何百万個もの魔石粒子になる。
単体ではかすかな光でも、何百万個も集まれば、すさまじい閃光になるという訳だ。
もちろん、粉のままでは使いにくいので……。

「『結合！』」

俺がそう唱えると、魔石の粉は一つにまとまって、元の魔石の形になった。
これで閃光弾は完成だ。
だが、一つだけだと少し不安があるな。
とりあえず、3つほど作っておくか。

◇

それから少し後。
俺は3つの閃光弾を作り終えて、一息ついていた。

「思ったより大変だったな……」

閃光弾作りは、長い時間かけて魔石をすりつぶし、付与までする必要がある。
手作業で3つ作るのは、意外と重労働だった。
まあ、高位のアイテム製造の大変さは、こんなものではないのだが。

などと考えていると……俺の視界の端で、何かが光った。

「ん？」

俺が光の方に目をやると……そこには、魔法探知機があった。
どうやら、魔法探知機が反応を示しているようだ。

「……今は、何も使ってないよな？」

閃光弾作りの作業中、魔法探知機は光りっぱなしだった。
あの作業は常に魔法を使い続けるので、当たり前だ。
だが今はもう、調合作業は終わっている。
俺は何も、魔法を使っていない。
にもかかわらず、魔道具が光っているとなると……。

「……俺の魔法じゃなさそうだな」

どうやら、このあたりに人間が来たようだ。

俺は一瞬だけ考えて……作ったばかりの閃光弾をアイテムボックスに放り込み、魔法探知機を摑《つか》んで家を出た。

魔法を使ったのが、どんな人間かは分からない。

だが、友好的かどうかにかかわらず、ここは見に行くのが正解だ。

敵対的だったらそれはそれで、色々と利用のしようがあるし。

……とりあえず、偵察からだな。

俺は家を出て、魔法探知機に目をやる。

「……向こうか」

魔力探知の魔道具には、魔法が使われた方角を判別する機能もついている。

それを頼りに、俺は森の中を進む。

「『付与』」

俺は歩きながらも、手元にあった魔石に魔法を付与した。
付与した魔法は、『隠密補助』。
周囲に漏《も》れる音を小さくすると同時に、軽い迷彩効果を付与する魔法だ。
質の低い魔石に魔法を付与しただけの代物なので、大した性能はない。
高性能魔道具というのは、作るのに時間がかかるものなのだ。
そのため、ちょっと注目されれば、すぐに気付かれてしまう。
だが、見つからないように気を付けて行動すれば、これでも結構役に立つものだ。
隠密行動の経験なら、十分に積んでいる。
尾行中に気付かれるようでは、暗殺なんてできないからな。
そんなことを考えつつ進んでいると……声が聞こえた。

第四章

「こ……ここは危険です！　お逃げください！」

「そんな……お父様とゴルドーを置いて逃げるなんて、できません！」

どうやら、襲撃を受けているようだな。

緊急事態らしい。

この状況なら、多少雑に近付いても気付かれることはないだろう。

俺《おれ》はペースを上げて、襲撃を受けている人たちに近付く。

すると……状況が見えてきた。

血を流して倒れている、一人の男。

その男にすがりついて泣いている、15歳ほどの少女。

二人を守るように立つ、一人の騎士。

そして……騎士を睨《にら》み付《つ》ける、巨大な熊の魔物。

どうやら彼らは、熊に襲撃を受けているようだ。

元々は、じっくり様子を見てから対応を考えるつもりだったが……そう言っていられる状況じゃなさそうだな。

倒れた男の傷はかなり深いようだし、少女は戦力としてカウントできない。

二人を守ろうとする騎士も、肩のあたりに傷を負っている。

そして何より……熊の爪《つめ》から滴《したた》る、紫色の液体。

あれは恐らく、猛毒だ。

このまま放っておけば、3人は5分と経《た》たずに死ぬことだろう。

だが、死んでもらっては困る。

彼らはこの世界に来てから初めて見つけた人間なのだ。

是非とも生き延びて、情報源になってもらわなければ。

「こっちだ！」

俺はそう叫びながら、木々の間から飛び出した。

だが……大声を出した程度では、熊の魔物の気は引けなかったようだ。

熊の魔物は、毒の滴る爪を振りかざす。

騎士はそれを受けるべく、剣を構え直すが……熊と人間では、力が違いすぎる。まず受けきれないだろう。

もはや、手段を選んでいる状況ではない。

俺はアイテムボックスから閃光弾《せんこう》を取り出し、足下へと投げ捨てる。

それから自分の腕で目を隠し……呟《つぶや》いた。

「『発動』」

次の瞬間。

閃光弾の炸裂音《さくれつ》が響いた。

「きゃあ！」

「な、なんだこれは⁉」

「ゴオオオァァァアアアアアア！」

突如起きた閃光に、少女は悲鳴を、騎士は困惑の声をあげる。
そして……光を正面から浴びた熊の魔物が、怒りの声を上げた。
そんな大きい隙《すき》を、見逃す訳もない。
俺は一気に距離を詰めると、この間作った毒針を、熊の両目に投擲《とうてき》した。

「ゴオオオオオオオァァァ！　ガァアアアアァァァァ！」

熊の魔物が目を覆《おお》い、先ほどとは比べものにならない悲鳴を上げる。

この熊の魔物は恐らく、俺が今まで戦ってきた魔物たちよりも格上だ。

こいつを殺すには、針に仕込める程度の毒では足りないはずだ。

だったら、大量に毒を盛ってやればいい。


「……『変形』」


俺はアルミを取り出して、矢の形に変形させる。

だが、ただの矢ではない。

矢尻は長く、沢山のギザギザがついている。

このギザギザは刃のような役目を果たし、貫通力を高めると同時に――ギザギザの間にある溝によって、毒液の保持を可能にする。

そんな矢尻に、俺は特製の毒液を塗りつけた。

ポーションを作る時に、ついでに作ったものだ。

「動くなよ。巻き込まれたくなければな」

俺はそう宣言して、弓に矢をつがえる。

『動くな』と言ったのは、襲撃を受けていた人たちを巻き込まないためだ。

間違って射線上に入られでもすると、邪魔だからな。

「よっと」

俺は痛みに暴《あば》れる熊の魔物めがけて、矢を射った。

矢は、熊の魔物の硬い皮膚を突き破り、深々と突き刺さった。

「ギアアアアァァァ！　……ゴアアァ？」

熊の魔物は、痛みに悲鳴を上げたが――その悲鳴は次第に小さくなり、困惑の声へと変わっていく。

その理由は……矢に塗った毒液だ。

矢に塗った毒液は、3種類の魔法毒を配合している。

一つ目はシビトソウを元にした、神経毒。これはもちろん敵を殺すためだ。

二つ目は、生えていたキノコを元にした出血毒。これは、神経毒が効きにくいタイプの魔物も確実に殺すために配合している。

そして三つ目は――カエル魔物の毒袋を元にした、麻痺系の毒だ。

この毒は、麻痺によって他の毒が効くまでの時間を稼ぐと同時に――神経細胞を麻痺させることによって、魔物の痛みを軽減する。

それによって、矢が引き抜かれてしまったり、魔物が無茶に暴れだしたりするのを防ぐのだ。

「……ゴ……ゴアア！　ゴアッ！」

毒針によって視覚を完全につぶされた熊の魔物は、適当に爪を振り回す。

だが毒の作用によって、その動きもだんだんにぶっていった。

そして……。

「ゴアッ……」

最後に小さな声を漏《も》らして、熊の魔物は倒れた。

どうやら、倒せたようだな。


「な、何が起きた？　急に視界が白く染まったと思ったら……魔物が……」

騎士は倒れた熊を、呆然《ぼうぜん》と見つめている。

それから……俺の存在に気付くと、口を開いた。


「もしや、君の仕業《しわざ》か？」


「ああ。あの熊を殺したのは俺だ」

そう言って俺は、少女と倒れた男に近付く。

どうやら熊の毒は遅効性らしく、騎士は普通に立てている。

そのため、騎士はすぐには死なないと思うが……倒れている男はまずい。

胸のあたりを爪でバッサリやられている。
毒がどうとかいう以前に、出血多量で死にそうな状況だ。
すぐにでも治療しなければ、まず命は助からない。

だが……。

「待ってくれ。いかに命の恩人といえど、見知らぬ者を近付ける訳にはいかない」

そう言って騎士が、俺の前に立ちはだかった。

……よく見てみると、少女と倒れた男は、すごくいい服を着ている。

極端に派手という訳ではないのだが……細かいところの装飾が非常に凝っている。
特にエンチャントなどがある訳ではないので、製作者が高位の生産職という訳ではなさそうだが……とても手間をかけて、丁寧に作られているのは確かだ。
体型にも非常にフィットしているので、オーダーメイドだろうな。

今の状況を見る限り……少女と倒れた男は、恐らく偉い人なのだろう。

そして騎士は今の状況でなお、護衛としての役目を果たそうとしている……と。

だが騎士の行動は、護衛としては判断ミスだ。

「……俺を遠ざけるのは構わないが……そこに倒れているおっさんは死ぬぞ？」

「倒れているおっさんって……この方を誰《だれ》だと……」

「偉い奴なら尚更《なおさら》、死なせちゃまずいんじゃないか？」

その言葉を聞いて……騎士は、おっさんの傷口に目をやった。

そして……このままでは助からないと理解したのだろう。

俺に目を向けると、尋ねた。

「君なら、この方を助けられると？」

「保証はできないが、努力はする。……薬だ。これを飲ませろ」

俺はそう言って、今日作ったばかりのポーションを手渡した。

騎士はそれを受け取ったが……倒れた男に飲ませようとはせず、観察したり、匂《にお》いをかいだりしている。

どうやら、毒を警戒しているようだ。

状況にもう少し余裕があれば、のんびり説得していられるのだが……今はそんな状況じゃないな。

「……どちらかを選べ。お前が選んだ方を俺が飲む」

そう言って俺は、ポーションをもう1本手渡した。

騎士は無言で、先に俺が渡した方のポーションを指した。

「分かった。こっちだな」

俺は騎士が指した方のポーションを受け取り、一息に飲み干す。

そしてポーションボトルをひっくり返し、中身が残っていないことを確認させた。

それを見て……騎士の男は、少女に目をやった。

「私がやります」

少女はそう言って、騎士からポーションを受け取った。

そして。倒れて意識を失った男の口に、ポーションを持っていく。

「お父様、お薬ですよ」

そう言って少女が、男にポーションを飲ませ始める。

すると男の傷口は、急速に塞《ふさ》がっていった。

その様子を、騎士と少女が驚きの目で見つめる。

「き、傷口が一瞬で……！」

「これはまさか、高位のポーション……⁉」

高位……？

俺が渡したのは、ただのレベル２ポーションなのだが。

彼らは、ポーションを使う文化がないのだろうか。

いずれにしろ、これで出血多量による死は免れた。

まだ意識はないようだが、顔色はだいぶよくなってきている。

あとは、毒への対処だな。

熊の毒は遅効性のようだが、このクラスの魔物の毒となると、間違いなく致死性だろう。

体力回復系のポーションを飲んだだけで助かるような代物ではないはずだ。

そう考えつつも俺は、ポーションをもう1本取り出し、騎士に渡した。

「……これは？」

「さっきと同じものだ。お前にも必要だろう」

そう言って俺は、騎士の肩を指す。

その肩は、魔物の爪によって大きく切り裂かれていた。

「私は護衛の身だ。高位のポーションなど受け取るわけには……」

「いいから飲め。まだ何本もあるから」

そう言って断ろうとする騎士に、俺はポーションボトルを押しつける。

今は現地の住民に恩を売る、絶好のチャンスだ。

しかも彼らは偉い人と、その護衛のようだし……ここは全力で、恩の押し売りといこうじゃないか。

俺は相手が誰であろうと、対等以下の立場での交渉はしないようにしている。恩を売っておくのは、そのための手段の一つだ。

「……恩に着る」

「……まだ助かってないことを忘れるな。熊の毒をなんとかしなきゃ、どっちにしろ死ぬぞ」

「毒も……なんとかできるのか？」

「多分な。……体の調子はどうだ？　毒はどのくらい効いている？」

俺の質問を聞いて、騎士は体の調子を確かめ始めた。

体のあちこちを動かしたり、その場で首を振ったり。

そして、一通り確かめ終わると……答えた。

「手足の先が少ししびれるくらいだな。それ以外は何もない」

……麻痺系の毒か。

放っておくと、心臓にまで麻痺が達して死ぬやつだな。

「分かった。……解毒剤はここじゃ用意できないな。家に行くから、そこのおっさんを運んでくれ」

「お……おっさん⁉ この方を誰だと……」

俺の言葉を聞いて、騎士は目を白黒させた。

どうやら、倒れた男をおっさん呼ばわりしたのに驚いたらしい。

「いいから早くしろ。偉いおっさんを死なせたくなければな。……無理なら、俺が運んでもいいが」

俺がそう告げると、騎士はあきらめたようにおっさんを抱え上げた。

◇

それから数分後。

「……こんな所に、家が……？」

「ああ。まだ何もないがな。……薬を作るから、適当に待っていてくれ」

そう言って俺は、家の扉を開け、騎士と少女を招き入れた。

３ＬＤＫは、一人暮らしには広すぎると思ったが……まさかこんなに早く、来客があるとは思わなかったな。

「薬を作るって……君は薬師だったのか？」

「別に、薬専門って訳じゃない。何でも作る」

「……専門ではない……それなのに、解毒薬が作れるのか？」

「ああ。毒を盛られるのが心配なら、作るところを見ているといい」

そう答えながら、俺は机の上に積んであった薬草を手に取る。

……やはり、あまり質はよくないが……丁寧に調合すれば、なんとかなるか。

そう考えつつ俺は、材料に何種類ものエンチャントを付与する。

質の悪い材料でポーションを作るには、色々と工夫が必要なのだ。

まともな材料があれば、1種類くらいのエンチャントで済むのだが。

「毒はどうだ？　体調に異常はないか？」

「しびれが腕まで来た。……間に合うか？」

「余裕だな」

まだ腕までしかしびれていない……となると、毒の進行はかなり遅い方だ。

このペースなら、余裕で間に合う。

◇

「……できたぞ」

煮出した薬に、さらにいくつかのエンチャントをかけた俺は、2本のポーションボトルに薬を詰めた。

ポーションの1本は少女に、もう1本は騎士に手渡す。

「私が毒味をします。少々お待ちを」

そう言って騎士が、すぐにポーションを飲み干した。

そして……驚きに目を見開く。

「……なんてことだ……！」

「ゴルドー、どうしたの？」

「しびれが……一瞬で消えました。これは一体……」

少女の問いに、騎士はそう答える。

それを聞いて少女が、驚きに目を見開いた。

「薬を飲んだんだから、しびれくらい消えて当然だろ……」

「この即効性……まさかこれは……解毒ポーション!?」

「ああ。……早く飲ませた方がいいんじゃないか？　そっちのおっさんは、受けた毒の量が多い。急がないと間に合わなくなるぞ」

俺の言葉を聞いて、少女は青ざめた顔でおっさんの口に薬を流し込んだ。

すると……倒れていたおっさんの顔色が、少しだけよくなった。

「傷と毒は治療したから、あとはほっとけばそのうち起きるだろ。ヤバそうならこれを飲ませてくれ」

そう言って俺は、少女に回復ポーションを手渡す。

まあ、必要はないだろうが。

「……さて、これでようやく話ができるな」

おっさんの容態が安定したのを見て、俺は騎士にそう告げた。

交渉は、ここからが本番だ。

俺はこの世界のことを、ほとんど何も知らない。

知っていることといえば、ＶＬＯと同じ植物が生えていること、ＶＬＯのスキルが使えること……それと２人の神の名前くらいだ。

だが、そんなことを正直に言うわけにはいかない。

弱みを見せれば、交渉は終わりだからな。

「まず聞きたい。お前たちは何者だ？　何であんな場所にいた？」

俺にそう問われて、騎士は顔をこわばらせた。

それから、少女の方に目をやった。

「……私たちの身分を明かしましょう。ここに来た事情は……お父様が起きてからでもいいですか？」

「ああ。話せる範囲で構わない」

どうやら、この場で主導権を握っているのは少女らしい。

騎士の態度を見るに、少女はかなりの立場の人間らしいな。

そう考えていると……騎士が口を開いた。

「……俺はゴルドー。ミーシス王国の近衛騎士だ」

――近衛騎士。

国王や、王族の警護につく騎士のことか。

そして少女とおっさんは、その近衛騎士に守られていた。

……ということは……。


「まさか……王族か？」

「はい。私はルーミア＝ミーシス。そしてお父様は……ミーシス王国14代目国王、ライアス＝ミーシスです」


……マジかよ。

偉い人だろうというのは薄々感じていたが……まさか、国王と王女とはな。

俺は対等以下の立場での交渉はしない主義なのだが……相手が国王となると、流石に下手《へた》なことはできないぞ。

それこそ、首でもはねられかねない。

第五章

「このことは、どうか内密にお願いします」

「ああ、分かった。……俺《おれ》はレイトだ。よろしく頼む」

考えてみれば、王族二人……それも国王がいるにもかかわらず、警護が一人だけというのは明らかに異常だ。

なにか、特殊な事情があるのだろう。

これは……とんでもない厄介ごとを抱え込んでしまったな。

だが、チャンスでもある。

うまくいけば、国王と対等の関係を築ける可能性すらあるのだから。

……いったん、対等な立場での交渉を仕掛けてみるか。

まずそうだったら逃げるなり、下手《したて》に出るなりしよう。

まあ、まずは交渉相手のおっさん……もとい、ライアス国王に起きてもらわないと、話にならないのだが。

この場にライアス国王がいる以上、国王以外とは交渉のしようがないだろう。

「とりあえず、国王が起きるのを待とう。対処はそれから決める」

「対処って……もしかして、協力していただけるのですか？」

俺の言葉を聞いてルーミア王女が、期待を抱いたような目を向けた。

「……協力が必要な状況なんだな？」

俺がそう聞き返すと、王女は『しまった』というような顔をする。

これは、いい交渉材料が手に入ったな。

「そろそろ飯にするか」

国王が起きるのを待っていたら、腹が減ってきたので、俺はアイテムボックスからカエル肉を取り出した。

カエル肉はすでに解体を済ませて、木串に刺してある。

木串は、余った木から作ったものだ。

アイテムボックスに収納していたカエル肉は、新鮮なままだ。

どうやら、腐る心配はいらなかったらしい。

そんなことを考えながら俺は、火に薪《まき》をくべ、炎の周りに串を刺していく。

「これは……なんですか？」

火の周りに並べられた串を、ルーミア王女が興味深げに眺める。

……王女ともなると、こういう雑な料理を見ることはないんだろうな。

「カエル魔物の串焼きだ。なんていうカエルかは知らん」

「……名前も分からない魔物を、食べるのですか？」

「ああ。……まあ、毒でも死にはしないだろ」

そう言って俺は、さっき作った解毒ポーションに目をやる。

これがあれば、食中毒も怖くはない。

たとえ細菌が原因の食中毒であっても、解毒ポーションで対処ができる。

人間にダメージを与えるのは細菌自体ではなく、細菌が生み出す『毒素』だからな。

「な、なんて豪快な……」

肉を焼く俺を、ルーミア王女が感心の目で見る。

王女にこんな料理を見せたら、『この下賤《げせん》な料理は何？』とでも言われるかと思っていたので、ちょっと意外だ。

「これが庶民の、生活の知恵……初めて見ましたが、すごいですね」

「姫様、騙《だま》されてはいけません。この男は特殊です。私も庶民でしたが……名前も分からない魔物を食べたりはしませんよ」

「そうなのですか？」

「はい。……もちろん、解毒ポーションを胃薬代わりに使うこともありません」

そんな話をしている間に……肉がいい感じに焼けてきた。

俺はたき火の周りに並べていた串を1本とると、肉にかぶりついた。

「うん。美味《うま》いな」

相変わらず脂がのっていて、いい肉だ。

昨日食べたときは、この肉を美味く感じた理由を、空腹のせいだと思っていたが……それは間違っていたようだ。

この肉は、本当にうまい。

まともな調味料がなく、塩を振っただけでこの味とは……異世界の魔物というのは、美味いものなのだな。

そんなことを考えつつ肉を頬張《ほおば》っていると、ルーミア王女が羨《うらや》ましそうな目で見つめてくる。

……腹が減っているのか。

「食糧くらい持ってないのか？　王女にこんなものを食わせるわけにもいかないだろ」

俺は騎士ゴルドーに、そう問う。

まさか得体の知れないカエル魔物を、王女に食わせる訳にはいかない。

そのくらいの常識は、俺にだってある。

まあ、王族相手に敬語を使わない時点で、常識もクソもないのだが。

こればかりは、そういう主義だということで許してほしいものだ。

「残念ながら、食糧の持ち合わせはない」

「……食糧もなしに、王族を連れ出したってのか？」

「複雑な事情があるんだ」

複雑な事情か……。

まあ、そのあたりは国王が起きてから聞くことにするか。

「じゃあ、食うか？　毒見をしてもいいが」

そう言って俺は、騎士ゴルドーに串を差し出す。

「分かった。では……お先に、いただきます」

騎士ゴルドーはそう言って、肉にかぶりついた。
そして……表情を変える。

「これは……美味いぞ」

「……だよな?」

よかった。
どうやら、俺の味覚は正常だったらしい。

そうだよな。
やっぱりこの肉、美味いよな?

「ああ。俺も王都では、それなりに美味いものを食べてきたが……こんなに美味い肉は、久しぶりに食った。これはなんの肉だ⁉」

「名前も知らない、カエルの肉だ」

「……その魔物の名前、ぜひ突き止めるべきだ！　王都に輸入しよう！」

そう言って騎士ゴルドーが、俺に詰め寄ってくる。

……この騎士は今まで、あくまで王族の二人に忠実に、二人を守ることだけを考えて動く人物だったと思っていたのだが……。

「こいつって、こんな奴《やつ》だったか？」

俺はそう、ルーミア姫に尋ねる。

「ゴルドーは、美味《おい》しいものに目がないんです。……お城のパーティーでも時々、挨拶《あいさつ》そっちのけで料理を食べたりとか……」

なるほど。

食道楽が趣味という訳か。

「ところでゴルドー、私も食べていいですか？　あなたの役目は、毒見のはずですよね？」

「……はっ！　もちろんです！　……体調に異常はありません。食べても大丈夫かと思われます！」

ルーミア姫の声で、騎士ゴルドーは我に返ったように、そう叫んだ。

騎士ゴルドーの言葉を聞くと、ルーミア姫は待ちきれないといった感じで串に手を伸ばした。

「えっと、あの、お皿はないですか？」

なるほど。

王女ともなると、串に直接かぶりつくような真似《まね》はしないのか。

「『変形』。……これでも使ってくれ」

そう言って俺は、木片を変形させて皿とフォークを作り、ルーミア王女に手渡した。

「え？　今、どこからお皿が出てきたんですか？」

「作った。……それじゃダメか？」

そう言って俺は、皿とフォークを見る。

王族が使うものとなると、皿やフォークにまで決まりがあるのだろうか。

「だ、大丈夫です！」

そう言ってルーミア姫は、串から肉を外して食べる。

そして、顔をほころばせた。

「ほ……本当に美味しいです！」

気に入ってもらえたようだ。

どうやらルーミア姫も腹が減っていたようで、一口目を食べた後は、どんどん肉を口に運び始める。

「その肉、本当に美味しいですよね……」

そう言ってゴルドーは、肉のなくなった串を物欲しそうに見つめる。

目が悲しそうだ。

「……お前は食わないのか？」

「俺は護衛の身だ。限りある食糧に手をつけるわけにはいかない」

なるほど。

あくまでルーミア姫優先という訳か。

まあ、そんなことを気にする必要はないのだが。

「肉はまだまだ、好きなだけ食っていいぞ。なくなればまた狩ってくる」

そう言って俺は、肉の串をどんどん薪の周りに刺していく。

それを見て、騎士ゴルドーが目を輝かせた。

「……恩に着る」

幸い、カエル魔物の肉は大量にある。

どんどん焼こうじゃないか。

◇

「……美味しかったです。お城でも、あんなにおいしいお肉はなかなか食べられません」

「カエルの肉と言っていましたが……あんなに美味しいカエルもいるのですね」

食事を終えた後。

ルーミア姫と騎士ゴルドーは、先ほどの肉について語り合っていた。

どうやら、よほどあの肉が気に入ったようだ。

「もしかして、ガリアフロッグではないですか？」

少し考え込んだ後、ルーミア姫がそう言った。

その言葉に、騎士ゴルドーが答える。

「姫様、お言葉ですが……ガリアフロッグはとても調理の難しい魔物です。このような森の中で出せるような肉ではありません」

「……でも、前に食べたガリアフロッグは、こんな味だったと思います」

ガリアフロッグ……初めて聞く名前だな。

「ガリアフロッグってやつは、調理が難しいのか？」

「はい。以前、国王陛下たってのご所望でお出ししたことがあるのですが……宮廷料理人に100匹近いガリアフロッグをさばかせて、やっと1匹だけ、食べられる状態でお出しできたくらいです」

……宮廷料理人って、国の中でもトップクラスの料理人ってことだよな。

それが100匹もさばいてやっと1匹って、すごい世界だな……。

「それ、どんな風に難しいんだ？」

「体内に、10個近い毒袋があるのですが……その毒袋を一つでも傷つけてしまうと、全身に毒が回って食べられなくなってしまうのです。しかも、その毒袋が極《きわ》めて傷つきやすく……」

……そういえば、このカエルも毒袋があったな。

VLOでは、扱いの難しい魔物を色々扱っていたので、特に難しいとは感じなかったが……確かに一般的な料理に比べると難しい……というか、特殊な技術が必要になるかもしれない。

こういった素材の扱いは、生産職の専門領域だからな。

「……もしかして、ガリアフロッグってのはこんな顔か？」

そう言って俺は、アイテムボックスに入っていた、カエル魔物の頭を取り出した。

カエル魔物を解体した時に余った頭だ。

それを見て……騎士ゴルドーが驚きの声を上げた。

「が……ガリアフロッグだ！　しかも無傷……！　……まさか君が、これをさばいたのか？」

「ああ。そうだ」

「教えてくれ！　どうやればさばける！」

そう言って騎士ゴルドーが俺に詰め寄ろうとしたところで……家の扉がノックされた。

「……客か？」

家に来客が来ることなど、別に珍しくない。

別に、警戒するような状況ではない。普通の状況なら。

だが……今の状況だと、話が違ってくる。

この家は森の中にあって、しかも家の中には王女と国王がいるのだ。

「……こんな場所の家に、ノックだと？」

そう言って俺は、剣と毒針を取り出す。

毒針は対魔物用の致死性毒ではなく、対人用の即効性麻痺毒だ。

相手が対策をしていなければ、命中から5秒と経《た》たずに昏倒《こんとう》させられる。

「姫様は下がってください」

俺からガリアフロッグのさばき方を聞き出そうとしていた騎士ゴルドーが、剣を抜いて家の扉に向き直った。

そんな中……ルーミア王女が口を開いた。

「もしかして、ラースルではありませんか？　助けを呼びに行っていたはずですが、戻ってきたのかもしれません」

「ラースルですか。……その可能性はありますね」

どうやらルーミア王女たちには、もう一人仲間がいたようだ。

ルーミア王女の仲間なら、近くにあった家を訪ねてくるのは不思議ではないな。

「誰《だれ》だ？」

扉に向かって、力強い声で尋ねる。

すると……扉の向こうから、声が聞こえた。

「その声は……ゴルドーさんですか？　俺です！　ラースルです！」

どうやら、仲間だったようだな。

俺は騎士ゴルドーとアイコンタクトを交わすと、扉に向かって告げる。

「入ってていいぞ。鍵《かぎ》はかかっていない」

「……お邪魔します」

そんな声とともに、扉が開いた。

入ってきたのは、若い騎士だ。

ゴルドーは恐らく40代だが……ラースルは20歳前後って感じだな。

……しかも、結構イケメンだ。ちくしょう。

「姫様！　ここにいらっしゃったのですね！　……よくぞご無事で」

その声に俺は、少しだけ違和感を覚えた。

なんというか……あまり無事を喜んでいないような気がしたのだ。

まあ、気のせいだろうが。

「ああ。なんとかな。……助けは呼べたか？」

「それが、誰も見つからず……やっと見つけた民家を訪ねたら、そこに姫様がいらっしゃったという訳です」

どうやらこのラースルとかいう騎士は、助けを呼びに行っていたようだ。

それで別行動をしていた訳だな。

「なるほど。……偵察ご苦労」

「いえ。助けを見つけられず、ふがいないばかりで……。ところで、なぜ姫様を連れて、このような家にいるのですか？　……というか、この家は何なのですか？」

そう言ってラースルが、家の中をきょろきょろと見回す。

「この家は、レイトの家だ」

騎士ゴルドーが、俺を指してそう言った。

「レイト……？　初めて聞く名前ですが、協力者か何かですか？」

「いや、一般人だ。……とても一般人とは思えん面もあるがな」

それを聞いてラースルが、眉《まゆ》をひそめる。

それから俺を睨《にら》み付《つ》け、ゴルドーに問い返す。

「まさか一般人の家に、姫様をお連れしたと？」

「ああ。色々あってな」

「私たちは、レイトさんに助けてもらったんです」

ルーミア姫が、フォローに入ってくれた。

だが……その言葉を聞いて、ラースルは訝《いぶか》しげな表情になった。

「……助けてもらった……ですか？」

「はい。私たちを襲った魔物を倒して、さらに治療まで……」

「国王陛下も、奥の部屋で休んでおられる。……陛下は魔物の毒に侵されておられたが、レイトにもらった解毒剤を飲ませた。あの薬はよく効くから、じきによくなるはずだ」

「……つまり……この男は、姫様たちが魔物に襲われたタイミングに『偶然』居合わせたうえ、その魔物の毒に効く薬を『偶然』持っていたと？」

ラースルは、『偶然』の部分を強調しながら、ゴルドーに尋ねる。

どうやら……俺を怪しんでいるようだな。

「この男、姫様たちを利用するつもりかもしれません。……ここは危険です。急いで移動しましょう」

……随分な言い草だな。

まあ、こんな森の中に家があること自体が怪しいのだし、俺を怪しむのは分からないでもないが……少しは話を聞いてほしいものだ。

そう考えていると、ルーミア姫が口を開いた。

「外の森は、魔物だらけです。……この家より安全な場所なんて、他にないはずよ。そもそも……私たちの命の恩人に対して、その言い草は何ですか？」

ルーミア姫の口調は、少し怒り気味だ。

どうやら、俺を疑ったことに対して怒ってくれているようだ。

ここは一つ、俺も弁明しておくか。

「もし利用するつもりだったら、こんな鍵もかからないような部屋で自由にさせるか？」

そう言って俺は、家の窓をパタパタと開け閉めする。

窓には、当然鍵などついていない。

そもそも、鍵が必要になるとは思っていなかったし。

「それは……ゴルドーさんがいたからだろう。ゴルドーさんがいなければ、お前は喜んで姫様を拘束したはずだ！」

そう言ってラースルが、俺を睨み付ける。

随分と喧嘩腰《けんかごし》だな。

そこまで恨まれるようなことを、俺はしただろうか。

「勘違いするな。お前らごとき、俺は4人まとめて相手したって殺せる。……それをしなかったのは、俺にその気がないからだ」

これは事実だ。

目の前にいるラースルの動きはお粗末で、それこそ今この瞬間にでも殺せる。

ルーミア王女は戦力外、寝ている国王は問題外として……この中で一番強いのは、騎士ゴルドーだな。

その騎士ゴルドーにしろ、今の手持ちの道具だけで、10秒もあれば殺せる自信があるが。

「その言葉……騎士を侮辱するつもりか？」

「いや、事実を言ったまでだ」

「貴様……」

「ラースル、やめなさい！」

俺とラースルの間に割り込んだのは、ルーミア王女だった。

「私達の命の恩人に対し、なんという言い草を……！」

その表情は、怒りに満ちている。
美人は怒ると怖いというが……それ以上の怖さを感じるな。
普段は年相応の、15歳くらいの少女にしか見えないのだが……。

「お言葉ですが姫様……！」

「やめなさい、これは命令です」

「ですが……！」

ラースルは、なおも反論しようとする。
それを見てルーミア王女は、ため息をついて……騎士ゴルドーに目を向けた。

「……ゴルドー」

「はい」

「次にラースルが命令に逆らったら、首をはねてください。反逆罪です」

「ご命令のままに」

ルーミア王女の言葉を聞いて、ゴルドーが剣に手をかけながらラースルに近付いていく。

これ以上何か言おうものなら、本当に首をはねかねない勢いだ。

いや、恐らく本当に首をはねるのだろう。


……王族って怖いな……。

今まで、普通の女の子相手みたいな感覚で接していたが、結構怖いことをしてたんだな。

まあ、俺はこれから王族どころか、国王と対等に交渉をしなければならない身なので、これくらいでビビっている訳にはいかないのだが。


「……申し訳ございませんでした。何卒《なにとぞ》、ご容赦を」

そう言って騎士ラースルが、ルーミア王女にひざまずいた。


これで表面上は、問題のカタがついた訳だが……。

ラースルは、明らかに納得していない様子だな。

ここはひとつ、『分からせて』おいた方が、あとあと都合がいいか。

実力を見せておけば、今後の交渉のための牽制《けんせい》にもなるしな。

第六章

「ルーミア王女、ちょっといいか？」

「はい。なんですか？」

名前を呼ばれて、ルーミア王女が俺《おれ》に目を向けた。

どうやら、俺が敬語を使わないのは気にしていないようだ。

「ラースルと戦っていいか？」

「それは……決闘ということですか？」

「いや、殺し合う訳じゃない。模擬戦だ。ただ……一度戦っておいた方が、色々と分かってもらえると思ってな」

この状況で姫の護衛を殺すのは、得策ではない。

だから、模擬戦にしておく。

「……それは、そうですが……いいんですか？」

「いいって、何がだ？」

「騎士の教育は、王族の責任です。……そのことで、レイトさんの手を煩《わずら》わせる訳には……」

なるほど。

俺がラースルと模擬戦をするのを、騎士の教育のためだと思ったのか。

だが、それは違う。

俺はあくまで俺自身のために、ラースルと模擬戦をするのだ。

「ここで誤解を解いておいた方が、俺にとっても色々と楽だしな」

「ラースルは強いですよ？　騎士としての心構えはまだまだのようですが……実力は折り紙付きです」

「姫様の言うとおり、精鋭揃《ぞろ》いの近衛騎士団の中でも、３本の指に入る実力者だ。……なめてかからない方がいい」

だが、ラースルが騎士として多少強かろうとも、俺には勝てない。

騎士とは違って、俺は正面から剣術で戦ったりはしないからだ。

「問題ない。……ルールなしの実戦形式でいいよな？」

ルールなし、実戦形式。

これは俺にとって、必須ともいえるルールだ。

本職の騎士と正面から打ち合って、勝てる訳がないからな。

世界が違っても、俺は暗殺者だ。

卑怯《ひきょう》に、狡猾《こうかつ》に戦おうじゃないか。

「分かりました。レイトさんがいいのであれば……ラースル、戦闘を許可します。……ただし、レイトさんに怪我《けが》をさせないように気を付けてください」

「ありがとうございます。……『お前らごとき、俺は4人まとめて相手したって殺せる』でしたか？　その思い上がり、叩《たた》き伏せてみせましょう」

どうやら、ルールは認めてもらえたようだ。

これでもまだ、本来の実戦に比べたら戦いにくい。
本来、暗殺者は敵に気付かれずに殺すのが本領だからな。
模擬戦となると、お互いに相手の場所を分かったうえでの戦いになる。
そのぶん暗殺者にとっては、少し不利な戦いの形式だ。

まあ、そのくらいはハンデってことにしておくか。

……こういう状況に向いた、戦い方もあるしな。

「ルールは無用という話だが、本当に何でもありなのか？」

「ああ。武器も戦略も問わない。……殺す気で向かってきていいぞ。この薬があるからな」

そう言って俺は、ポーション瓶《びん》を取り出した。


「……それは？」


俺が手に持ったポーションボトルを見て、ラースルが訝《いぶか》しげな声を上げた。

そういえば、これを使った時にラースルはいなかったんだよな。

「ポーションです。すごい効き目でした。……たぶん、レベル1ポーションだと思います」

ルーミア王女が、ポーションについて説明してくれた。

だが、説明は間違っているな……。

このポーションはレベル1ではなく、レベル2だ。

エンチャントスキルさえあれば、質の高くない薬草からでもレベル2くらいのポーションは作れる。

そのため、レベル1ポーションを作るのは、初心者錬金術師くらいなのだ。

「レベル1ポーション……？　この男は、普通の平民ですよね？」

「初めて見た時には、俺はそう思ったものだがな……恐らくこいつ、ただ者ではないぞ。今までに使ってくれた薬だけで、一般平民なら一生暮らせてもおかしくはないくらいだ」

ラースルの言葉に、騎士ゴルドーが答えた。

そんなに大したポーションを使った覚えはないのだが……あのポーションで、平民が一生暮らせる？

この世界ではポーションの価値が、そんなに高いのだろうか。

……それを判断するには、ちょっと情報が不足しているな。

ポーションの価値について考えるのは、後回しにしておこう。

「……つまり、薬師ですか？」

「ああ。解毒薬を作っていたからな。……持っていたポーションの効果を見るに、どこかの国のお抱え薬師かもしれない」

「レベル1ポーションを持っているようなお抱え薬師を、国が手放すとは思えませんが……」

ポーション作りをする人間を、この世界では薬師と呼ぶようだ。

ＶＬＯでは錬金術師と呼ばれていたが、まあ似たようなものだろう。

……しかし、まるでレベル1ポーションを作れる薬師が希少みたいな言い方だな。

レベル1ポーションなんて、錬金術のスキルレベルが10くらいあれば作れるはずなのだが。

ちなみにスキルレベル10というのは、レベル0のポーションを3日くらい作り続けるだけで、簡単に到達できるレベルだ。

初心者錬金術師が大量の材料を買い込み、レベル0ポーションをひたすら作り続けるのは、VLOの風物詩だった。

この世界では、違うのだろうか。

「確かにそうだ。……そもそも、いかにお抱え薬師だとしても、レベル1ポーションを持ち出すのは難しい。……その上、こんな山奥に住んでいるとなると……脱走したのかもしれんな」

「その可能性はありますね」

この世界の錬金術師について考えているうちに、なぜか俺はどこかの国から脱走した薬師だと思われていた。

まあ、異世界から来たとバレるよりはいいのかもしれないが。

「過去については、できれば詮索《せんさく》しないでほしいな」

真面目《まじめ》に調査されると、俺は際限なく怪しまれることになる。

なにしろ俺には、この世界での過去が存在しないのだから。

「……過去を話せない人間を、信用しろと？」

「ああ。そのための模擬戦だろ？」

この状況では、不意打ちで姫をさらおうとしているという疑いをかけられるのは仕方がない。
だが、その疑いを晴らすのは簡単だ。
模擬戦で、力の違いを見せつければいい。

戦っても、勝てない。
そう思わせれば、少なくとも不意打ちの疑いは解けるという訳だ。

「……そうだったな」

そう言ってラースルが、剣を構えた。
どうやら、ようやく模擬戦に入れるようだ。

それを見つつ俺は、持っていたアルミニウムから短剣を作る。

ラースルが持っているのは、鋼鉄製のちゃんとした剣だ。

手持ちのアルミニウムで、まともに打ち合おうとすると、短剣しか作れない。

剣を長くすると刃の厚さが犠牲になって、簡単に折れてしまうからな。

「審判は私が務めよう」

そう言って騎士ゴルドーが、俺とラースルを視界に入れられるような位置に入る。

「……頼んだ」

俺はそう言って、右手で剣を構える。

それを確認してゴルドーが、声を張り上げた。

「では……模擬戦始め！」

その言葉とともに、ラースルが距離を詰め始める。

一気に踏み込んでこないのは、俺の左手を警戒しているからか。

剣での戦いは基本的に、両手で剣を構えた方が有利だ。

その方が力強く剣を振ることができるし、速度だって出る。

盾を持つならまた話は別だが、左手がただの素手というのは、ハンデを背負う行為でしかない。

だからこそ、ラースルは警戒しているのだろう。

左手を開けておくということは、何か理由があるということだ。

投擲《とうてき》、暗器、魔法など——疑わしい要素はいくらでもある。

ここで無警戒に踏み込んでこないあたり、ラースルが優秀な騎士だというのは本当のようだな。

そんなことを考えつつ俺は、無造作にポケットに手を突っ込む。

ラースルの視線が、鋭くなった気がした。

それを見ながら俺は、ポケットの中にあったものを引っ張り出す。

ポケットから出した俺の左手に、ラースルの注目が注《そそ》がれる。

そうだよな。

優秀な騎士なら、相手の切り札に注意しないわけがない。

だからこそ、俺はこの手を使った。


「『起動』」


俺がそう呟《つぶや》くと——俺が手に持っていたものが、強烈な光を放った。

——ポケットに入れていたのは、閃光弾《せんこう》の小型版だ。

その威力は普通の閃光弾に比べれば小さいが——直視したらどうなるかなど、分かりきっている。


「なっ……これは何だ⁉」

閃光によって視界を奪われたラースルが、困惑の声を上げる。

ラースルは俺がポケットから出したもの――つまり小型閃光弾に、思いっきり注目していた。

もちろん、直視させるためにわざと怪しい動きをしていたのだが。

そのおかげで、ラースルは完全に視界を失うことになった。

だが……。

「……これでも戦えるのか。優秀な騎士ってのは本当みたいだな」

視界を完全に失ったラースルは、目をつぶったまま剣を構えていた。

その構えには、隙《すき》が感じられない。

しかも……俺が動けば、それに合わせて構えを変えてくるのだ。

まるで目が見えているかのようだが、これは恐らく気配を読んでいるのだろう。

熟練の剣士は、例え暗闇《くらやみ》の中でも敵の気配を感じ、戦うことができる。

ラースルは20歳前後に見えるが……すでにその領域に達しているようだ。

「妙な道具を使うものだな。前が見えなくなってしまった……だが、その程度で勝てると思ってもらっては困るな」

そう言ってラースルが、じりじりと後退し始める。
視界が元に戻るまでの時間を稼ぐつもりのようだ。

さて……どうすべきか。
正直、ラースルに勝つだけなら簡単だ。
気配を殺して距離を詰め、首に剣を突きつければいい。
だが今回は、ただ勝つだけが目的ではない。
実力の違いを見せつけて勝ってこそ、模擬戦の意味があるのだ。
となると、取る手段は一つだ。
ラースルは剣に自信があるようだし……そこを正面から、叩き折ってやろう。

「勝てるさ」

そう言って俺は、一気に距離を詰め、ラースルめがけて剣を振った。
ラースルは上段に構えた剣を振り降ろし、俺の剣を迎え撃つ。
そして――剣がぶつかり合った。

「……意外とやるな」

俺は右手一本で剣を握り、下から剣を振った。
それに対してラースルは両手で剣を握り、振り下ろす形で剣を受けている。
普通であれば、一瞬で押し切られてもおかしくない状況だ。
にもかかわらず、剣は拮抗《きっこう》した。
その理由は――ステータスと付与魔法だ。
まず、ステータス。

俺は生産職だが、レベルが高いため、ステータスもそれなりのものになる。

もちろん、戦闘職の上位にはまったく歯が立たないのだが……レベルの低い生産職に比べれば、はるかに高いスキルを持っている。

さらに俺は剣と剣が当たる直前、剣を振る腕に付与魔法をかけて強化した。

これによって俺の腕は、本来より格段に強くなった。

付与魔法は人体への負担が大きいため、長期戦で使える技ではないが……短時間で勝負を決められるなら、有効な手段だ。


「まだいけるな」


俺はそう言って、付与魔法の強度を上げた。

付与魔法の負担に筋肉がきしむが……この程度なら、軽い筋肉痛で済むだろう。

……高レベルの戦闘職相手にこんな真似《まね》をすれば地獄を見るが、幸いラースルのステータスはそこまで高くなさそうだしな。

そう考えつつ俺は、ラースルの剣を押し込む。

「なっ……」

剣を押し込まれたラースルが、驚きに目を見開いた。
どうやら、そろそろ視界が戻ってきたようだ。

「だが、力だけでは……」

ラースルは力押しをあきらめ、剣を横にずらした。
俺の剣を受け流して、隙をつく――極《きわ》めて基本的かつ、有効な動きだ。
やはりラースルは、優秀な騎士だ。
だからこそ、俺の策に引っかかる。
鍔迫《つばぜ》り合いが、だんだんとずれていく。
その途中で――俺の指が、ラースルの剣に触れた。

俺は、これを待っていた。

俺は無詠唱で、変形魔法を発動した。
対象はもちろん、ラースルの剣だ。

（『変形』）

無詠唱の錬金魔法は、詠唱をした場合に比べて精度が落ちる。
だが、今の状況ならそれは問題にならない。
この変形魔法は、剣を壊すための変形魔法なのだから。

「よっと」

俺は剣を握る腕に、瞬間的に力を込めた。
次の瞬間――高い音を立てて、ラースルの剣が折れた。

「……は？」

剣が折れたことに、ラースルが呆然《ぼうぜん》とする。

その一瞬を、見逃す訳がない。

俺は再度の付与魔法で腕を加速すると、ラースルの首に突きつけた。

「しょ……勝負あり！」

森の中に、騎士ゴルドーの声が響き渡った。

「お……俺の剣が……！　……いったいなぜ……！」

剣を折られたラースルは、呆然とその場に立ち尽くす。

「特殊な剣術だ。普通に打ち合えば、ああなる」

適当に、でらためを言っておいた。

俺が勉強した剣術は、最低限のものでしかない。

正面から打ち合うような状況になることが少ないので、特殊な剣術を活用する機会はなかったのだ。

相手がガチの戦闘職だったりすると、正面から斬《き》り合った時点で負け確定だし。

「と、特殊な剣術……！」

「普通の剣術にしか見えなかったが……まさかあの剣を折るとはな。強いというのは本当だったのか」

騎士ゴルドーが、感心した様子でそう呟く。

……なんだか、ラースルの剣が良品だったみたいな言い方だな。

『変形』したときの感触だと、大した剣ではないと思ったのだが。

「ラースルの剣って、いい剣だったのか？」

「ああ。あれは鍛冶師ラーミスが作った逸品だ。……近衛騎士に昇格した時、特別に打ってもらったものらしい」
なるほど。
思い入れのある品だった訳か。
なんだか、悪いことをした気がする。
このくらいなら直せるし、元通りにくっつけてやろうか。
そう考えつつ俺は、折れた剣の先を拾い上げた。
すると……。
「そ、それに触るな！」
そう言ってラースルが、俺の手から剣の破片をひったくった。
そして……間違って刃に触ってしまったようで、手を切っていた。
「いだっ！　……くっ……」

血の流れる手を押さえて、ラースルが俺を睨《にら》み付《つ》ける。

……うん。

剣、直さなくていいや。

そもそも、この模擬戦をやることになったのも、ラースルが俺に喧嘩《けんか》を売ってきたのが理由だしな。

「認めない……こんなのは認めないからな！」

そう言ってラースルが、走り去ろうとする。

だが……走り去ることは、許されなかった。

「待ちなさい」

ラースルにそう声をかけたのは、ルーミア王女だった。

——ルーミア王女も、さっきの決闘を見ていたのだ。

「決闘はレイトさんの同意あってのことなので、不問としました。しかし、負けた後でその言い草……騎士として恥ずかしいとは思わないのですか？」

「そ、それは……」

「命の恩人を侮辱したばかりか、模擬戦で負けた後にこのような態度……。近衛騎士がこんな行動を取るなど、この国への侮辱です。……レイトさん、ごめんなさい。部下の教育不行き届きは、私の責任です」

そう言ってルーミア王女は、俺に頭を下げた。

自分のせいで王女に頭を下げさせてしまったラースルは、その意味を理解しているようで、顔を青ざめさせている。

「……ゴルドー、この男への処分は、どの程度が妥当だと思いますか？」

ラースルを指して、ルーミア王女がそう尋ねる。

「姫様の命令に何度も逆らったばかりか、最後にはこの仕打ち……。近衛騎士団の品格を、大きく貶《おとし》めるものです。近衛騎士団の規則に則れば、処刑は免れません」

「やはり、そうですか……」

そう言ってルーミア王女が、少し悲しそうな顔をする。

いくら王女でも、ルーミアは15歳の女の子だ。

今まで共に過ごしてきた騎士を、処刑はしたくないのだろう。

「……せめて、他の処分で済ませられませんか？」

助けを求めるような目で、ルーミア王女が尋ねる。

それを聞いて、騎士ゴルドーが困った顔をした。

「『近衛騎士団 団則の三。近衛騎士団の名誉を故意に貶めた者は、死刑とする』。——近衛騎士団の規則では、処刑以外あり得ません。他の騎士団であれば、解雇程度で済むはずですが……」

「そう……ですよね」

……いつの間にか、ラースルを処刑する方向で話が進んでいる。
ちょっと憎まれ口を叩《たた》いただけで処刑って……まさしく、住んでる世界が違うな。
近衛騎士団は、王室を直接守る騎士団だけあって、特別に規則が厳しいようだ。

だが……ルーミア王女は、処刑をしたくなさそうだな。
そして……国王が起きた時、近衛騎士が死んでいるという事態は、交渉に悪影響を及《およ》ぼす可能性が高い。
ラースルをかばってやる義理はないのだが……ここは、かばっておいた方が得になりそうだな。

「ちょっと待ってくれ」

俺はルーミア王女に、そう声をかけた。

「レイトさん、なんですか……？」

「なにも、殺すことはないんじゃないか？」

俺の言葉を聞いて、ルーミア王女がぱあっと顔を輝かせる。

分かりやすい反応だ。

だが……俺の言葉に答えたのは、騎士ゴルドーだった。

「そういう訳にはいかん」

「今回、直接の被害者は俺だけだろ？　……俺としては、さっきの件は不問で構わない」

「そうは言ってもな……。これは、近衛騎士団の問題でもある。近衛騎士団は王家を守る存在……近衛騎士団の名誉を貶めることは、王家の名誉を貶めることに等しい。だからこそ近衛騎士団は、厳しい規則に縛られている」

なるほど。

名誉の問題というわけか……。

騎士っていうのは、難しいんだな。

だが……。

「さっきの場面を見たのは、俺とルーミアだけだ。俺達が黙っていれば、分からないんじゃないか？」

「……それは、そうだが……」

「俺はさっきの件を、外の誰《だれ》かに話す気はない。……ルーミアも、話さないよな？」

「話しません」

ルーミアは即答した。

それを見て……騎士ゴルドーは、ため息をついた。

「分かりました。そこまで言うなら……ラースルの命を、私とレイトが預かるというのはどうですか?」

「ゴルドーと、レイトさんに?」

騎士ゴルドーの言葉の意味が分からなかったのか、王女ルーミアが首をかしげる。

俺も、意味が分からない。

「どういうことだ?」

「騎士団には、任務に必要とされる場合、犯罪者の刑の執行を延期できるという特例があるんだ」

なるほど。

任務が終わるまでの、執行猶予というわけか。

「その任務が終わらなければ、処刑は永遠に執行されないってことか?」

「その通りだ。そのためには、被害者と責任者の同意が必要なんだが……被害者の同意は得られるんだよな？」

「ああ」

この規則は本来、捕らえた犯罪者を、逆に潜入操作員などとして送り込むためにある決まりなのだろう。

だが……その決まりをうまく活用すれば、ラースルの処刑を避《よ》けられるというわけだ。

「責任者は俺が務める。……これで、特例の適用条件は満たされた。任務の内容は、適当にこちらで決めておく」

「あ……ありがとうございます」

命が助かったことに安堵《あんど》しながら、ラースルが礼を言う。

そんなラースルに、ゴルドーが言葉をかける。

「次に何かやらかしたら、その時には即座に殺す。……名誉を挽回《ばんかい》できるよう、全力を尽くすことだな」

「はい！」

「それとレイト、もし気が変わったら教えてくれ、その時にはすぐにラースルを処刑する。お前にはその権利がある」

「……分かった」

どうやら、俺はラースルの命を握ってしまったようだ。

模擬戦でちょっと力を見せるくらいのつもりが……どうしてこうなった。

第七章

ラースルとの決闘から少し経《た》った後。

俺《おれ》は忘れていたことがあったのを思い出して、ルーミアに尋ねた。

「なあ。あのベッド、硬くないか?」

「ベッド……ですか?」

この家には色々と家具を揃《そろ》えたのだが、ベッド……というかマットレスは材料の関係で、間に合わせのものを使っていた。

植物の繊維をほぐすことで作ったマットは、寝られないこともないが、決して柔らかいとは言いがたい。

王族が使うベッドとしてふさわしいか……と言われると、恐らくふさわしくはないだろう。

「ここに置いてある家具は、どれも一級品だと思いますが……」

確かに家具は、そこそこ真面目《まじめ》に――装飾性はともかく、実用性には問題ないように作っている。

そんな中で明らかにランクが落ちるのが、ベッドだ。あれだけは材料の関係で妥協せざるを得なかった。

にもかかわらず一級品と言ってくれるのは、ルーミアなりの気遣いだろうか。

とはいえ、国王が起きるまで待たないといけないので、暇なことに間違いはない。

ベッドぐらい作っておいてもいいだろう。

「ちょうどいい材料が手に入ったから、もっといいベッドを作ろうと思うんだが……」

「いい材料……ですか？」

「ああ。これだ」

そう言って俺は、ラースルの剣の破片を取り出した。

これはさっきの騒動の後、罰としてラースルから取り上げたものだ。

ラースルはとても悲しんでいたようだが、ルーミアの命令とあっては逆らえないらしく、しぶしぶ破片を取り出していた。

「こ、これが材料……金具にでも使うんですか？」

「いや、マットレスにする」

「……正当な理由のない拷問は、法律で禁止されていますよ？　王族の許可があれば、特例で可能ですけど……」

どうやら材料を聞いて、ルーミア王女は拷問を思い浮かべたようだ。

この歳《とし》の女の子にしては、いささか物騒な発想だな。

まあ、剣を材料にベッドを作ると聞いたら、そういう発想になるのも仕方ないかもしれないが。

「いや、拷問じゃない。普通にベッドを作る」

俺はそう言って『変形』で剣の形を変える。

剣はあっという間に細長い、ワイヤーのような形に変化していく。

「こ……これは何ですか？」

「ワイヤーだ。いいマットレスは、こうやって作るんだよ」

俺はそう言いながら今度はワイヤーを曲げて、コイルの形を作っていく。

今作っているのは、コイルの弾力によって体を支えるタイプのマットレスだ。

金属製のマットレス……というとすごく硬そうに聞こえるかもしれないが、コイルの硬さや構造を調整することで、とても柔らかく作ることができる。

日本で売っている高級マットレスも、実はこの方式がほとんどだ。

ベッドの構造を思い出しながら、俺はコイルをつなぎ合わせていく。

生産スキルを色々と覚えているので、加工技術には問題ないはずだが……基本的に俺の技術は暗殺用なので、ベッドなどの構造にはあまり詳しくない。

まあ、記憶をもとにやるしかないのだが。

確か……一つ一つのコイルは小さめで、数を用意した方がいいんだったか。

「こんなもんか？」

20分ほどで、ベッドがそれっぽい形になった。

問題は、これが本当にいいベッドになっているかどうかだが……。

「おお……いい感じじゃないか？」

俺は試しに寝転がってみて、そう感想を呟《つぶや》いた。

適当に作った割には、しっかりとしたベッドの感触になっている。

少なくとも、ただ木の繊維をほぐして作ったマットレスとは比べものにならない。

「いい感じ……剣から作ったものがですか？」

「ああ。試してみるか？」

俺はそう言って、マットレスの上をどく。
ルーミアは恐る恐るといった感じで、マットレスに触れる。
そして、触っても怪我《けが》しないことを確認してから、ルーミアはおずおずとマットレスに寝転がった。

「こ、これは……」

「どうだ？」

「これはすごいです！　王宮でも、ここまでふかふかなベッド、見たことないです……！」

なるほど。
やはりこの世界には、コイル式のマットレスが普及していなかったようだな。

コイル式がないとすれば、高級なベッドでも中身は綿……コイル式に比べれば、性能の低いマットレスだろう。

これを量産して売れば、一儲《もう》けできるかもしれないな。

まあ、俺の目的は金儲《かねもう》けではないので、目立つ商売をする気はないのだが。

金が欲しいのなら、報酬の高い暗殺依頼を受けた方がよっぽどいいだろうし。

「いい感じみたいだな」

「まさか薬だけでなく、剣からこんな素晴らしいベッドが作れるなんて……レイトさん、本当にすごいんですね……」

ルーミアは寝転がったまま、そう呟く。

どうやら随分と気に入った……というか、すでにベッドの魔力に囚《とら》われてしまい、出てこれない様子だ。

もちろん、マットレスに何か変な魔法をかけたわけではない。ルーミアが勝手に囚われてい

るだけだ。

ラースルは、自分の剣がベッドに変わったと聞いたらどんな顔をするだろうか。

それはそれで楽しみな気がするが……また騒ぎを起こされても面倒なので、後にしておこう。

「じゃあ、今家にあるベッドも全部、このタイプに作り替えてしまうか」

「い……いいんですか！？」

「ああ。どうせ時間はあるしな」

材料は適当に、砂鉄あたりから集めればいいだろう。

時間さえあれば集められないこともない。

まあ、鉄じゃなくてアルミニウムでコイルを作れば、もっと手っ取り早いのだが。

そんなことを考えていた俺は、ルーミアが何か言いたそうにしているのに気付いた。

言いたいが、言いにくい。そんな雰囲気だ。

「どうした？」

「あの……一つ、お願いがあるんですけど」

「……頼みにくいようなことか？」

「このベッド、王宮に持ち帰っていいですか？　もちろん、お金は払います！」

なんだ、そんなことか。

こんなベッド、材料さえあればいくらでも作れるのだが。

「分かった。王宮に戻れたら、これも運んでいっていいぞ」

俺の言葉を聞いて、ルーミアが嬉《うれ》しそうな顔をした。

ベッド造りは大成功のようだな。

第八章

「お父様！」

翌朝。
ライアス国王が寝ている部屋から、ルーミアの嬉《うれ》しそうな声が聞こえた。
どうやら、ライアス国王が目を覚ましたようだ。

「助かった……のか？」

俺《おれ》が様子を見に行くと、目を覚ましたライアス国王が自分の手を見つめ、体をぺたぺたと触っていた。
それから首をかしげ、ルーミア姫に尋ねる。

「私は熊の魔物によって、致命傷を負ったと記憶しているのだが……あれは、夢か何かだったのか？」

「いいえ、夢ではありませんお父様。……お父様が無事だったのは、ポーションのお陰です」

「ポーション？」

「こちらの方……レイトさんが、貴重なレベル1ポーションで傷を治してくださったんです」

そう言ってルーミアが、俺を指す。

「……薬師のレイトだ」

俺が自己紹介すると、ライアス国王は一瞬驚いた顔になって……。

「どうやら、命を助けてもらったようだな。礼を言おう」

そう、俺に礼を言った。

それから、視線を鋭くして俺に尋ねる。

「ところで……君は何者だ？」

「……言葉遣いに対する話か？」

我ながら、国王に対する言葉遣いではないと思う。
だが、敬語を使うのは俺の主義を曲げることになるので、できれば使いたくはない。

常に対等以上の立場で交渉をする。
そういう主義なのだ。

「いや、言葉遣いは別に構わんよ。冒険者などには、そもそも敬語の使い方を知らん者もいる。気にする奴《やつ》はいるが……私は、そういうのを気にしない主義だ」

そこで国王は、いったん言葉を切り……あたりを見回してから尋ねた。

「何者か、と尋ねたのは……文字通りの意味だ」

「……薬師だと言ったはずだが」

「この家は、君の家か？」

「ああ」

俺がそう答えると……ライアス国王が、魔法ランプを差す。

夜の間、家の中が暗いと不便だから作ったランプだ。

「この魔法ランプ……光に一切《いっさい》の揺らぎがない。王家に納品されるような、超高品質のランプだ。薬師が手に入れられるような代物だとは思えん」

なるほど。

付与魔法の安定性か。

確かに見る人が見れば、このランプは高レベルの生産職が作ったと分かるだろうな。

「それに、私が負っていた傷は、レベル1のポーションで治るようなものではない。それが完全に治っていることを考えると……君が使ったポーションは、それ以上のランクのものだったのではないか？」

「ああ。レベル2だ」

俺の言葉を聞いて、ライアス国王が驚いた顔をした。

「レベル2ポーション……それをどこで手に入れた？」

「自分で作った」

俺は、そう即答した。

今の状況だと、正直に答えるべきかどうかは怪しい所だったが……本当のことを言ったのは、そうした方がいいと感じたからだ。

カンのようなものだが、俺のカンはよく当たる。

この国王とは、長い付き合いになる気がするのだ。

「くっ、くははは！　作っただと⁉　レベル2ポーションを⁉」

俺の答えを聞いて、国王は笑い始めた。

そして、ひとしきり笑った後……俺に尋ねる。

「……ならば、本当にできるかどうか、見せてもらおうか！」

どうやら、疑われているようだな。

レベル2ポーションの製法に隠すようなところはないし、別に実演するくらいは構わないのだが……タダでというのは気に入らないな。

俺に依頼をしたいなら、それなりの報酬は払ってもらわなくてはいけない。

だが……今の状況で俺が必要とするのは、金ではなく情報だな。

その中でも、今の優先度が高い情報というと……。

「ああ。分かった。……その代わり、なぜ国王ともあろう人がこんな場所にいたのか……聞かせてもらっていいか？」

「……国王を相手に、対等な交渉のつもりか？」

「ああ。そういう主義なもんでな」

俺の言葉を聞いて……ライアス国王はニヤリと笑った。

それから、嬉《うれ》しそうに頷《うなず》く。

「よかろう。何でも教えてやる。……ただし、本当にレベル２ポーションを作れたらだがな」

……何でもときたか。

これは中々、おいしい条件だ。

「お父様、よろしいのですか？」

ルーミア王女が、ライアス国王にそう尋ねる。

どうやら、簡単には話せない事情のようだな。

まあ、そのくらいは予想がついていた。

国王が、たった2人の護衛とともに森の中に放り出され、魔物の襲撃を受ける……。

通常であれば、あり得ない状況だ。

そう考えていると、ライアス国王がルーミア王女に答えた。

「ああ。今の私は、協力者を必要としている。レベル2ポーションを作れる薬師なら、役に立ってくれるかもしれん」

そう言ってライアス国王が、俺に期待の眼差《まなざ》しを向ける。

国王が、協力者を必要としている……か。

これはひょっとすると……俺にとって最高の状況かもしれない。

そう考えつつ俺は、家の前に積んでいた薬草を摑《つか》み、机の上に積み上げた。

「材料はこれだ。今からレベル2ポーションを作る」

「……メジア草か?」

「ああ。何の変哲もないメジア草だ」

そう言って俺は、薬草をすりつぶしていく。

原始的なすり鉢での作業だが、慣れれば結構簡単なものだ。

「手際がいいな」

「プロの薬師だからな」

俺はそう話しつつ、魔力を込めながら薬草をすりつぶす。

メジア草は質の低い薬草だが、錬金術師が魔力を込めてすりつぶすことで、効果が上がる。

魔力を込めながらの調合は、一種のエンチャント魔法だ。

この方法を使わなければ、メジア草からポーションは作れない。

「あとは煮詰める」

薬草に魔力が行き渡ったところで、俺は水と薬草を混ぜて、火にかけた。

すると……緑色だった薬草の汁が、赤くなってきた。

この澄んだ赤色は、典型的なレベル２ポーションの色だ。

「はい完成」

そう言って俺は、できあがったポーションをポーションボトルに詰め、ライアス国王に渡す。

「……試してみていいか？」

ポーションを受け取ったライアス国王は、そう俺に尋ねた。

「別にいいが……ここには怪我《けが》人なんていないぞ？」

「なに、こうすればいい話だ」

そう言って国王が、腰に差していた剣を抜き……自分の手のひらに、浅く傷をつけた。

傷口から、血が滴《したた》り始める。

そこにライアス国王は、ポーションを一滴垂らした。

「……これは驚いた。まさか本物とはな」

ポーションによって傷口が塞《ふさ》がったのを見て、そう呟《つぶや》く。

まさか、こんな方法で薬の効果を確かめるとは……。

「人体実験って……それ、国王がやることか……？」

「他の奴にやらせる訳にもいかんだろう。……それに、この薬が本物であればなんの問題もない」

国王はそう言って、ポーションを机に置いた。

どうやら見た目によらず、国王は豪快な人柄のようだ。

まあ、堅苦しい感じの人にくらべたら、ずっと話しやすいのだが。

「よし。君が本当にポーションを作れるということは理解した。……約束通り、私がここに来た事情を話そう。……ただし、ここで聞いた内容は他言無用としてくれ」

「分かった」

その答えを聞いて、国王が頷く。

それから、大きく息を吸い……口を開いた。

「私がここに来た理由……それは、暗殺だよ」

「……暗殺？」

まさかこの国王は、俺が暗殺者だということを知っていて、依頼をしに来た……？

だが俺は、この世界に来てから間もないはずだ。暗殺者だと知られているはずがない。

だとしたら一体何故《なぜ》――。

そう訝《いぶか》しんだところで、国王が言った。

「ああ。王子の護衛に付いた魔導師……サタークスによって、暗殺されかけたのだ。転送魔法によってな」

「それは、魔物の目の前に転送されたという意味か？」

「そういうことだ。私もそれなりに戦えるはずなのだが……ああも急では対応のしようがなく、傷を受けてしまった」

なるほど。

転送魔法による暗殺か。

ＶＬＯでも、何度か使った手だな。

転送魔法自体に、殺傷力はない。

だが転送先に大量の罠《わな》を仕掛けることで、普通にやっては殺せないような上位プレイヤーであっても、殺すことができた。

まあ、転送魔法自体に対策を取られていることも珍しくはないので、あまり多用する手ではなかったのだが。

「申し訳ございません。本来であれば、身を挺《てい》してお守りすべきところを……」

「あんな状況では、どんな騎士でも私を守ることはできなかっただろうよ。それに……魔物を倒し、私を守り抜いたのは、ゴルドーだろう?」

「お気遣い、ありがとうございます。しかし……実は魔物を倒したのは、私ではないのです」

ああ。

そういえば国王は気絶していたから、あの時何が起きたかを覚えていないのか。

「では、ラースルか？」

「いえ。この男……レイトです」

「……薬師ではなかったのか？」

そう言ってライアス国王が、俺を見る。

まあ、まともな武器すら持っていない俺が、魔物を倒せるとは思わないよな。

「倒したっていっても、毒殺しただけだ」

「毒殺……それはもしや、自作の毒か？」

「調合は自分でやった。素材は自然毒だ」

正直あの魔物は、毒なしで倒そうと思えばかなりきつかっただろう。

高レベル生産職ゆえの耐久力で、体力の削り合いに持ち込めば勝てただろうが……恐らく俺も結構痛いので、やりたくはなかった。

あの戦い方は、薬師としても間違ってはいないはずだ。

「なるほど。……毒もプロというわけか」

「薬師のはずなのですが、戦闘も強いです。……模擬戦では、ラースルに勝ちました」

「ラースルに？　……奴は人格面はまだまだだが、剣の腕は一級品のはずだぞ？」

そう言ってライアス国王が、訝しげな表情を浮かべる。

ちなみに当のラースルは、王女ルーミアの命令によって、ここがどこなのかを調べに行っている。

この世界に来たばかりの俺と、転移魔法で飛ばされてきた国王たちは、ここがどこなのかを知らなかったのだ。

「はい。……ですが、勝ちました。妙な技で、ラースルの剣を叩き折ったのです。私も見ていましたが、なかなかの腕でした」

「あの剣を、折った……？　にわかには信じがたいが……」

そう言って国王は少し考え込み……顔を上げた。

「まあ、剣術の話は一旦《いったん》置いておこう。今は、その話をすべき時ではない」

ライアス国王は、そこでいったん言葉を切った。

そして……真剣な表情で俺に問う。

「レイトよ、私に協力してくれないか？」

国王が、協力を求めている。

まともな国民であれば、理由も聞かずに首を縦に振るところだろう。

だが残念ながら、俺は国民ではないし、まともでもない。

内容も分からない依頼など、受けるわけにはいかない。

「何の協力だ？」

「……私が城に戻るための協力だ。このあたりの森は、かなり危険なようだ。だが君のような優秀な薬師がいれば、無事に王都の城へ戻れるだろう」

「まるで城に戻れば、問題が解決するみたいな言い方だな……」

さっきの話だと、ライアス国王は魔導師によって、転移魔法で遠くへと転送させられたらしい。

言葉にすれば簡単だが、国王に近付いて転送魔法をかけるのが、簡単なわけがない。

周到な準備があって初めて、それが可能になるはずだ。

それができる人間なら、国王を転送した後で、何もしないわけがない。

すでに城は、転送魔法を使った魔導師によって乗っ取られていることだろう。

「何が言いたい？　私が城に戻れば――」

「国王を魔物の前に飛ばした奴が、おかえりと出迎えてくれるのか？」

もちろん、そんなはずはない。

すでに国王は死んだか病気になったことにでもされて、臨時政権か何かが立ち上がっているはずだ。

そこにのこのこ戻っていったところで、また転送魔法で死地に送り込まれるか、殺されるだけだ。

「魔導師サタークスは、今ごろ反逆者として処刑されているはずだ。もとより怪しい男だったし、私が急にいなくなったりすれば、疑いがかかるのは――」

「そんな怪しい男が、王子の護衛についていたのか？」

俺の言葉を聞いて、ライアス国王がはっとした顔になる。

それから、青ざめた顔で呟く。

「言われてみれば……私はなぜ、あんな男をコシスの護衛に……？」

なるほど。
魔導師サタークスのやり口が、なんとなく分かってきた。
……精神操作魔法だな。

「サタークスって奴の行動は、怪しかったのか？」

「ああ。周囲では明らかな不審死が相次ぎ、私の食事に妙なものを入れた噂《うわさ》もある。……あいつをコシスの護衛につけるくらいなら、その辺の冒険者でも雇った方がよっぽどマシだ」

コシスというのは、王子の名前だろう。
王子の護衛ともなれば、人選は極《きわ》めて慎重に行われるはずだ。

「それ、即刻処刑ものじゃないのか？」

近衛騎士のラースルも人格に問題があったが……あいつは暴走気味とはいえ、一応は姫を守ろうとしていた。

だが、国王の食事に変なものを混ぜるとなると、もはや話のレベルが違う。

「もちろん、処刑すべき案件だ。それなのに私はあの時……何故か、罰として皿洗いを言いつけるのみで、奴を許してしまったんだ」

「……その判断に、周囲の奴は誰《だれ》も反対しなかったのか？」

王国では、国王の判断は絶対かもしれない。

だが、よほどの暴君でもない限り、国王が愚行をすれば反対してくれる部下というのがいるはずだ。

そのはずなのだが……。

「いや、誰も言わなかった。いつも口うるさい宰相も、あの時には反対しなかった……」

やっぱりそうか。

「そんな無茶をやっていたら、魔導師サタークスは当然嫌われていたんだよな？」

「当然その通り――いや、ちょっと待て」

そう言ってライアス国王が、顔を覆《おお》う。

そしてしばらく考え込み……重々しく呟いた。

「いや、あの蛮行にもかかわらず、城の中の人間は全員、サタークスに味方していた……！」

……確定だな。

「なるほど。事情が分かった」

「まさか……城の人間が結託して、サタークスとともに私を追い出そうとしたというのか？」

ああ。

その可能性も、一応なくはないな。

ライアス国王が暴君だとしたら、その可能性はある。

一応聞いておくか。

「……そんなにひどい政治をしていたのか？」

「いや、自分で言うのもなんだが……私ほど民の生活を考えた国王は、珍しいくらいだ。私の代になってから、王室が使う費用の額は半分以下になった。……政治上必要な経費というものもあるから、無闇《むやみ》に削ればいいというものでもないがな」

なるほど。

言っていることが本当なら、国民が結託して追い出すようなパターンは考えにくいな。

「国内での評判は、その通りか？」

「ああ。ライアス国王の人気はすさまじいぞ。近衛騎士の言葉じゃ信じられないかもしれないが……街に行って聞いてみれば、すぐに分かる」

俺がそう尋ねると、騎士ゴルドーはそう答えた。

この様子だと、暴君として追い出された訳じゃなさそうだな。

となると……。

「精神操作魔法で間違いなさそうだな。城の中の奴らは今頃《いまごろ》、全員洗脳済みだろうよ」

「せ……精神操作魔法だと？」

「ああ。人間の心を操《あやつ》って、言うことを聞かせる魔法だ」

ＶＬＯにも、精神操作魔法は存在した。

だが……ＶＬＯでの精神操作魔法は、特殊な悪役のＮＰＣなどが使うものであって、プレイヤーには使えなかったが……確か、かなり高度な魔法として扱われていたはずだな。

「……サタークスに対して、誰一人疑問を抱かなかったのは……その魔法のせいということか？」

「ああ。多分な」

そう聞いて国王が、少し考え込んだ。
それから、俺に問う。

「だが、それなら私のことも転送魔法で追い出したりせず、魔法で操ればよかったはずだ。……それをしなかったのは、なぜだ？」

国王を操作しなかった理由か……。
それは恐らく、精神操作魔法の限界のせいだろう。

「王族や高レベルの冒険者は、精神操作魔法に対する抵抗力が強いんだ。……だから、扱いきれずに放り出されたんじゃないか？」

ＶＬＯでの精神操作魔法には、操作できる人間の限界があった。
操られていたのは、主に一般人だ。

「……なるほど。確かに、話の筋は通るな」

そう言ってライアス国王は、また考え込んだ。

その表情が、次第に険しくなっていく。

「もし精神操作魔法が本当であれば、我がミーシス王国は……奴に丸ごと乗っ取られることになるな」

「ああ。間違いなくそうなるだろうな」

「止めねばならん。……だが、止める手段が分からん」

ライアス国王が悩むのも、もっともだ。

なにしろ、王宮にいる人間が全員精神操作魔法を受けたとなれば……国の中枢がほぼ全員、魔導師サタークスの命令で動くということだからな。

普通の手段では、もはや勝ち目はない。

だが……。

「今の状況なら、簡単な解決策があるぞ」

「簡単な解決策だと？」

「ああ。精神操作魔法は、術者を殺せば解ける。……つまり、魔導師サタークスを殺せばそれで終わりだ」

俺の言葉を聞いてライアス国王は、深くため息をついた。

それから、諭すように言う。

「あのだな……薬師には分からないかもしれないが、魔導師サタークスは簡単に殺せるような人間ではないぞ」

「簡単に殺せないなら、難しい方法で殺せばいいじゃないか」

「……王宮には、厳重な警備網だってある。たとえ魔導師サタークスがただの一般人だったとしても、かいくぐって殺すのは至難の業だ」

「精神操作魔法使いの侵入を許すような警備網なら、簡単に突破できるさ」

ライアス国王は、あきれ顔になった。

「薬師が何を言うかと思えば……王宮の守りを突破して魔導師を殺すなど、本職の暗殺者でなければ不可能だ。だが、その暗殺者にしろ、王宮の人間を操られた状態では連絡ができん」

なるほど。本職の暗殺者か。

それなら心当たりがあるな。

この国の王宮とも関係がない、優秀な暗殺者だ。

第九章

「……暗殺者なら、紹介するが？」

「まさか、暗殺者の知り合いがいるのか？」

「ああ。……レベル2のポーションを作れる薬師だぞ？　どんな人脈を持っていても、不思議じゃないだろ？」

……ライアス国王たちの口ぶりだと、この世界ではレベル2ポーションがかなり貴重な品だったようだ。

そのため、ポーションをだしにすれば信用してもらえると思ったが――。

「……確かに、一理あるな」

どうやら、上手《うま》くいったようだな。

「だが、ただの暗殺者では奴《やつ》を殺すことなどできん。我が王宮の守りは、無数の暗殺者や不届き者をはねつけてきた、鉄壁の守りだ。……守られる側としては頼もしい守りだが、破る側としては相手をしたくないな」

「鉄壁の守りっていうと……『不壊結界』『魔法破壊結界』『空間断絶結界』あたりの重ねがけか？」

今俺《おれ》が例に挙げたのは、ＶＬＯの中でも最強クラスの結界の数々だ。

ああいう魔法を重ねがけされると、破るのが非常に難しくなる。

時間をかけて準備すれば、破れなくもないが……設備も材料もない状況から必要な道具を揃《そろ》えようとすると、年単位の時間がかかってもおかしくはない。

「いや、流石にそんな神話レベルの結界ではないよ。……外壁の守りだと、魔法の格としては『不動の障壁』クラスだな」

なるほど。

『不動の障壁』というと、中の下くらいの結界だな。

ここで手に入る魔石だけで作れるレベルの魔道具だと、破るのは難しいが……ちゃんと準備すれば、破れなくはないな。

「外壁以外の守りはどんな感じだ？　たとえば窓とかだ」

「窓に防御魔法は張っておらん。そもそも、敷地の外から城の窓は、魔法が届くような距離ではないからな」

なるほど。暗殺してくれと言っているようなものだな。

ここまで簡単な暗殺依頼は、久しぶりに受けるかもしれない。

暗殺自体は、なんとでもなるとして……あとは報酬の交渉か。

「暗殺は十分可能だ。報酬次第だがな」

「……さっきの話を聞いていたか？　『不動の障壁』に守られた、高位の魔導師だぞ？」

「それでも殺せる。……優秀な暗殺者だからな」

「そんな者が本当にいるなら、手を借りたいのは山々だが……本当に、暗殺を成功させられるのか？」

そう言ってライアス国王が、訝《いぶか》しげな目を俺に向ける。

まあ、我ながら怪しいことを言っているとは思う。

だが……ライアス国王が、この話を断れるかは別だ。

今ライアス国王は、仲間のほとんどを精神操作魔法で操《あやつ》られ、その権力をほとんど生かせない状態だ。

こんな状況で魔導師サタークスを殺し、権力を取り戻すというのは……あまりにも、分の悪い賭《か》けだ。

それこそ、成功率はゼロに近いだろう。

それに比べたら、得体の知れない暗殺者に頼る方が、まだ望みがある。

「必ず成功する。……報酬は、暗殺が成功したらでいいぞ」

「……本当か？」

「ああ。もし失敗したら、俺はその場で自害してもいい」

俺は真剣な目で、ライアス国王にそう語りかける。

それを見て……国王は重々しく頷《うなず》いた。

「分かった。報酬は私が出せる限りのものを、何でも用意する。……暗殺者を紹介してくれ」

よし。

うまくいったな。

「ああ。今すぐに紹介しよう。薬師改め……暗殺者のレイトだ」

そう言って俺は、自分のことを指す。

それを見てライアス国王は、口をぽかんと開けた。

「な、何を言っているのだ……？」

「紹介する暗殺者ってのは、俺のことだ。……とりあえず、報酬の相談をしようか」

「ちょ……ちょっと待て。お前は薬師だろう？」

うん。

薬師が急に暗殺者を名乗り始めたら、そういう反応になるのも仕方がないよな。

だが、これは仕方がなかったのだ。

まさか国王と王女を相手に、いきなり暗殺者を名乗る訳にもいかなかったし。

「薬師ってのは実は、暗殺者にも向いた職業なんだよ。……単純な方法だと、毒を盛って殺すとかな」

「毒殺なら、当然対策済みのはずだ」

「だろうな。……だが、毒物検知には引っかからない薬を、対象の体内で混ぜ合わせて毒性を発揮させたら……？」

この世界には、毒物検知用の魔法が存在する。

だが、２つの薬品を混ぜることで発動する毒なら、混ぜるまで毒物検知には引っかからない。

「その毒を、どうやって盛るんだ？」

「そうだな……王宮に提供される食糧を栽培している畑の場所を突き止めて、畑の土に撒《ま》く。植物に吸収されるタイプの毒も作れるぞ？　……飛行型の魔道具を雲の中に紛《まぎ》れ込《こ》ませて雨と一緒に降らせれば、まずバレない」

食材が王宮に入ったあと、調理する段階は警備が厳しいだろう。

その段階で毒を盛ることも恐らく可能だが、農園に毒の混ざった雨を降らせる方が確実だ。

「……そんなことが、可能なのか？　飛行用魔道具は、製作が非常に困難なはずだが……」

「ああ。この魔道具……質がいいって褒めてくれたよな？　実はこれも、俺が作ったんだ」

そう言って俺は、魔法ランプを指す。

ついでに魔石をもう1個取り出して……。

「『付与』」

魔法を付与し、発動させてみる。

これで、俺が魔道具を作れるってことは理解してくれるだろう。

「ちょっと待て。……君は、薬師ではなかったのか？」

「薬以外にも、何でも作れるよ。……まあそういうことだから、暗殺の方法は任せてくれていい。報酬の交渉に入ろう」

インパクトのある実演で驚かせたところで、一気にたたみかける。

これは、交渉の基本だ。

本当なら、もうちょっとマシな交渉のしかたがあった気がするが……そこは、仕方がないだろう。

ＶＬＯでは処理しきれないほどの依頼が来ていたので、俺の側から暗殺を提案するのは久々なのだ。

「……もし本当に、さっき言ったような方法で魔導師サタークスを倒せるなら、報酬は惜しまんが……何がほしいんだ？」

「そうだな……工房用の土地と、情報の秘匿、それから王国との協力関係だ」

生産スキルを存分に振るうためには、工房が必要だ。

特に高レベルの生産設備となると、かなり場所を食う。

デリケートな設備も多いので、温度管理などもちゃんと行う必要があるとなると……工房がなければ、話にならない。

「土地は分かった。できる限り用意しよう。……だが情報の秘匿と、協力関係というのは、どういうことだ?」

「ああ。俺が暗殺者だってバレると色々面倒だし、生産の方も信頼できる人間以外には伏せておきたい」

「……『協力関係』というのは?」

国王が、真剣な表情でそう問う。

……警戒するのも、もっともだな。

こういった、あやふやな内容の契約というのは、後で大きな問題になったりする。

だから、内容はちゃんと確かめておかなければならないというのは、もっともな話だ。

まあ、別に裏があるわけではないのだが。

「文字通り、ただの協力関係だ。立場は対等で、どちらが上ということもない。お互いに頼みたいことがあれば言うし、頼まれた側はそれを受けても、断ってもいい。そういう関係だ」

「国を相手に、対等の協力関係とは……なかなか大きく出たものだな」

「でも、別に悪い話じゃないだろ？　それこそ、強制力は何もない項目なんだ」

「その通りだな。よかろう。……その条件で、暗殺を依頼する」

よし、交渉成立だな。

どうやらこの世界での、暗殺者としての初仕事が決まったようだ。

「分かった。暗殺依頼を請け負おう。依頼対象は魔導師サタークス。報酬は工房用の土地と、情報の秘匿、それから王国との協力関係。期限は……どうする？」

俺は依頼の条件を確認しつつ、国王に問う。

期限というのも、重要な条件だ。

「何日かかる？」

「畑に毒薬を撒く方法だと、月単位で期間が必要だ。直接襲撃を仕掛ければ早い……急いだ方がいいよな？」

「できるなら、早くしたいが……失敗は許されない。確実な手を選んでくれ」

確実な手か。

……確実さと準備期間というのは、両立が難しいのだが……手は色々ある。

試してみるか。

「分かった。……できるだけ早くいける方法を選ぼう」

「……できるのか？」

「敵の防御態勢次第だな。まずは王宮の防御態勢を、できるだけ詳しく教えてくれ。それと、暗殺対象の魔導師が使う魔法だな」

暗殺というのは、相手方の暗殺対策との戦いだ。

その情報がなければ、暗殺のしようはない。

「私が城にいた頃の防御態勢で構わないか？　今は変更されているかもしれないが……」

「構わない。重要な部分は、自分で調べるからな」

「……分かった。くれぐれも、他言は無用に頼む」

そう言って国王が、王宮の警備態勢について話し始めた。

◇

それから、数時間後。

「王宮とサタークスに関する情報は、こんなところだ。暗殺には厳しい条件だと思うが……何とかなりそうか？」

「ああ。聞かせてもらった情報通りなら、こんなに簡単な暗殺も珍しい。……準備は、魔道具だけで大丈夫そうだな」

「か……簡単だと⁉」

「あくまで、聞かせてもらった通りの状況ならだけどな」

王宮の防御は、通常の暗殺者に対してはそこそこ効くだろうが……俺が使う手に対しては、無力としか言いようのないような代物だった。

あのくらいなら、簡単に破って殺せるだろう。

魔導師の方は少し厄介そうだったが、殺せないというほどではない。

殺す時に、ちょっとばかり攻撃力が必要になりそうなくらいだ。

「とりあえず、魔道具を使った暗殺でいこう」

「私は暗殺の技術はよく分からんから、方法は一任する」

「ありがたい」

こういう、黙ってプロに任せてくれるタイプの依頼人は、暗殺者としては非常に助かる。素人《しろうと》があれこれ口を出しても、たいていはろくなことにならないのだ。

そう考えつつ俺は、ゴルドーに尋ねる。

「王都までは、ここから3時間くらいなんだよな?」

「ああ。レナラリアの近くなら、そんなものだろう」

ラースルによる調査の結果、ここはレナラリアという街の近くにある森だということが分かった。

地元では、危険な森として有名な場所のようだ。

「それなら、材料さえあれば1日で殺せるな。……とりあえず魔石５００個と、鉄を30キロ、銅が10キロ欲しい。調達できるか？」

「レナラリアには、クルエン商会の本店がある。商会長のクルエンは、信頼できる男だ。……そこに行けば、材料は買えるはずだ」

「分かった。……金はあるか？」

俺がそう尋ねると……ゴルドーが、気まずそうな顔になった。

「なにぶん、急に飛ばされたものでな……」

「……無いんだな。実は俺もなんだ」

俺はライアス国王とルーミア王女、それからさっき帰ってきたラースルに視線をやったが……二人とも、首を横に振った。
まあ、みんな状況は同じなのだから、仕方がない。
どうやら俺達は、全員揃って一文なしだったようだ。

「ツケ払いにできないか？」

「できることはできる……騎士団関係者のツケ払いは、騎士団に連絡が行く。俺が生きていることがバレると、まずいことになるかもしれない」

「なるほど。……それは、避けておきたいな」

王宮が敵の手にある以上、騎士団はもう味方ではないかもしれない。
なにしろ、誰《だれ》が精神操作魔法を受けているか、分かったことではないのだ。

「なんとか、連絡なしにしてもらえるように頼めないか？　鉄と銅だけ何とかしてくれれば、魔石は魔物を狩って調達もできる」

「少額ならともかく、鉄30キロに銅10キロとなると、それなりの金額になる。連絡なしでというのは、厳しいだろうな」

まあ、銅は地味に希少な金属だからな……。

鉄は鉄で、この世界の技術レベルだと精錬が難しく、それなりに値が張ることになるのかもしれない。

だが暗殺のための魔道具に、鉄と銅は必須だ。

「……何か売って金を調達するしかないな」

そう言って俺は、家の中を見回す。

何か、売れるものはないだろうか。

そう考えていると……ポーションボトルが目に入った。

「これ、売れるか？　レベル2のポーションだ」

「ポーション自体は、非常に価値の高い商材だが……レベル2というのがまずいな」

「じゃあ、別のレベルにするか？　時間がかかってもいいなら、レベル４くらいまでは作れるが」

さっきの話だと、レベル２のポーションはけっこう貴重だという雰囲気だった。

だが薬というのは、原価と売値が１００倍以上違ったりすることが珍しくない。

レベル２のポーションを売っても、大した値段にはならないのではないか。

そう思って、聞いたのだが……。

「……本気で言っているのか？」

「ああ。本気だ」

「レイトの腕なら、本当に作れるのかもしれないが……レベル２以上のポーション、借金とは比べものにならないほど目立つぞ」

「……そんなに貴重なのか？」

「ああ。今までに製作されたレベル2ポーションは、全《すべ》て王家に献上されている。それも3年に1本作られるかどうかといったレベルだな。……レベル1も、年に数本レベルだ」

3年に1本……。

ほとんどゼロといっていいレベルだな。

レベル2ポーションが貴重品扱いされているのは、なんとなく分かっていたが……まさかそんなに貴重だとは。

「じゃあ、レベル0ならいいのか?」

「ああ。レベル0ポーションもかなりの貴重品だが、全く出回らないという訳ではない」

なるほど。

それなら、換金にはうってつけだな。

「分かった。じゃあ、これでレベル0だ」

そう言って俺は、ポーションボトルに入っていたレベル2ポーションを鍋にあけ、魔法で作った水で薄める。

ポーションは水で薄めることで、下位のポーションへと変換できるのだ。

ちなみに水で薄めて1つ等級を落とすと、ポーションの量はだいたい2倍くらいになる。

レベル2ポーションをレベル0ポーションにすれば、量は2倍の2倍で4倍だ。

「……は?」

「知らないのか?　ポーションは水で薄めると、効果が落ちて下位のポーションになるんだ」

「それは知っているが……レイトは今、自分が何をしたか分かっているのか?」

何をしたか……?

そんなこと、もちろん分かっている。

「ポーションを水で薄めて、レベル0のポーションを作った」

「そうだな。……国全体でも数年に1本しか手に入らないようなポーションを水で薄め、金さえあれば手に入るレベル0ポーションを作ったな」


ああ、なるほど。

もったいないと言いたかったのか。

一度薄めたポーションは、煮詰めても上の等級にはならないからな。

「レベル2ポーションなら、簡単に作れるから気にするな。それより、国の方が大事だろ？」

今回の暗殺の成果によって、ミーシス王国の運命が決まると言っても過言ではない。

それに比べれば、その辺で採ってきた薬草から適当に作ったレベル2ポーションなど、ほとんど価値がないと言っていい。

「……確かに、それもそうか。レベル2ポーションが作れるなんて状況は初めてだから、感覚が狂うな」

「まあ、そのうち慣れるだろ。……それで、レベル0ポーションなら売れるんだよな？」

「任せてくれ。……だが、売るのは夜でいいか？」

材料が揃うのが夜だと、暗殺の決行が1日遅くなってしまうな。

たかが1日とはいっても、王宮を押さえられた状態で1日経《た》てば、状況は大きく変わる可能性がある。

「夜までかかる理由は？」

「今売りに行くと、騎士団の連中に顔を見られる可能性がある。敵がどこにいるか分からない以上、そのリスクは避けたい」

なるほど。

それで夜のうちに、こっそり忍び込もうというわけか。

そのくらいなら、魔道具でなんとかできるな。

「これを持っていってくれ」

「……これは？」

「変装用の魔道具だ」

俺はそう言って、魔石に『変装』の魔法を組み込む。
これはただ持っているだけで、顔の印象を変えてくれるという代物だ。

ゴルドーが魔石を受け取った瞬間……ゴルドーの顔が変わった。
元々は強そうな、武人然とした男だったのだが……今は商人でもやっていそうな顔になっている。

「ほ、本当に顔が変わりました……！」

「……ほう。確かに、見ただけではゴルドーとは気付かんな」

「そ、そうですか?」

そう言ってあたりを見回すゴルドーに、俺はアルミニウムを『変形』させて作った鏡を差し出す。

そこに映った顔を見て、ゴルドーは目を丸くした。

「こ、こんな魔道具まで作れるのか……」

「ああ。声までは変えられないから、知り合いには気を付けてくれ」

「分かった。交渉の時には顔を戻したいんだが、その時はどうすればいい?」

「小さな声でいいから『停止』と言ってくれ。そしたら魔道具が止まる。『起動』と言えば、また偽装ができる」

そう言って俺は、家の外を見回す。

今はだいたい昼頃《ごろ》のようだな。

「街まで送っていった方がいいか？　魔石５００個となると、運ぶのはけっこうきついだろ」

「いや、荷物持ちはラースルを連れて行くし、魔物を避けての移動は訓練しているから大丈夫だ。……急に魔物の目の前に飛ばされたりしなければな」

そう言ってゴルドーは、ラースルを連れて森の中を歩いて出ていった。

その姿を見送ってから……国王が俺に尋ねた。

「ところでレイト」

「なんだ？」

「さっきの、変装の魔道具……特定の相手に化けたりすることもできるのか？」

……鋭いな。

確かに、そういう使い道もある。

変装の魔道具は、色々と悪用が効くのだ。

「ちょっと工夫は必要だが、可能だ。……何かに使いたいのか？」

「今すぐにという訳ではないが、色々と使い道がありそうだと思ってな。……暗殺が成功した後、製作を頼んでもいいか？」

「ああ。それなりの報酬はもらうがな」

魔導師サタークスの暗殺は、ゴールではない。

俺の今の目的は、異世界の神マスラ・ズールを殺すことだ。

今回の暗殺や、王宮との協力関係は、その通過点に過ぎない。

とはいえ……神なんて得体の知れないものと戦う上で、ミーシス王国はなかなか役に立つかもしれない。

神の力が人々の信仰に依存するなら、その人々を束ねる『国』という組織には、色々と使い道がある。

ミーシス王国とは、仲良くやりたいものだな。

そんなことを考えながら、俺はゴルドーの帰りを待った。

◇

数時間後。

大量の荷物を背負って、ゴルドーが帰ってきた。

「荷物はどこに運び込めばいい？」

「その辺に、適当に積んどいてくれ。あとは自分で運ぶから」

「分かった。重いから、腰を壊さないように気を付けてくれ」

そう言ってゴルドーとラースルが、家の前に荷物を下ろす。

二人とも、すさまじい量の荷物を背負っていた。

「これを二人で運んできたって、すごいな……」

「まあ、これでも鍛えてるからな」

魔石は1個200グラムほどだが、500個となると100キロ近い。
それに加えて、金属が40キロ。
合計140キロもの荷物を、たった二人で運んできたことになる。

ちょっと、俺には運べない量だ。
そう考えつつ俺は、荷物の中にあった鉄塊を持ち上げた。
そこまで質のいい鉄ではないが……材料としては十分だ。

「……お前、意外と鍛えてるんだな」

鉄塊を持ち上げた俺を見て、ゴルドーがそう呟《つぶや》いた。

そういえば、この鉄塊って重さ30キロ近いんだよな。

生産職のステータスも、それなりに役立つようだ。

そんなことを考えつつ俺は、部屋の一つに荷物を運び込んでいく。

ちょっとした加工ならともかく、本格的に暗殺用の魔道具を大量に作るとなると、それなりのスペースがいる。

ということで、部屋の一つを魔道具製造用にしたのだ。

「よし。材料も揃ったし、これから必要な道具を作る。部屋の入り口や窓は魔法で封鎖するから、何かあれば部屋の外から呼んでくれ」

加工用の部屋に荷物を運び終えると、俺はそう宣言した。

「分かった。……暗殺用の魔道具となると、製法も秘密だったりするのか？」

「製法の秘密もあるが、閉鎖の一番の理由は危険だからだ」

「……危険？」

「ああ。……人を殺すための道具が、安全なわけないだろう？」

暗殺用の魔道具は、普通の戦闘用の魔道具と比べても危険だ。

というのも、暗殺用の魔道具は一瞬で決着をつけるようにできているため、瞬間的な出力が大きいのだ。

まあ、戦闘用の魔道具にも、危険なものはあるのだが。

「確かにそうだな。……ラースルが無理矢理ドアを開けたりしないように、しっかり見張っておこう」

「頼んだ」

あれからラースルは、俺にちょっかいを出してこない。

何かあったら本当に首をはねかねない勢いで、ゴルドーが見張っているからだ。

正直、さっさと殺してしまった方が面倒がなかったのだが……あいつにはまだ色々と『利用価値』がありそうなので、これ以上邪魔をしない限りは生かしておくつもりだ。

「じゃあ、あとは俺に任せて、睡眠でもとっておいてくれ。明日の朝には王都に出発できると思う」

「まさか……この量の材料を全部、明日の朝までに加工するのか？」

「ああ。徹夜の作業になるが、事情を考えるとのんびりしていられないからな。一刻も早く、王宮を……というか、国を取り返さなきゃいけないんだろ？」

王宮は、国王たちの家でもあるが……それ以上に、政治の中心としての意味が大きい。

その王宮を完全に握るということは、国そのものを操れるに等しいのだ。

「……感謝する」

そう言ってゴルドーが、俺に頭を下げた。

それを見ながら俺は、部屋の扉を閉め……。

「『変形』」

変形魔法を使って、ドアを部屋の壁と完全に一体化させた。
家を建てるレベルの作業となると、『変形』だと魔力消費が大きすぎるのだが……ドアを完全封鎖するくらいなら、この方法が一番だ。

俺は同じようにして窓を塞《ふさ》ぎ、部屋が完全に密閉されたのを確認して……魔石を手に取った。

「さて……やるか」

魔石と、鉄と、銅。
それから……ゴルドーたちの帰りを待つ間に森から集めた、植物や木材。
そして――ＶＬＯで暗殺を繰り返して積み上げた、暗殺術の知識。
魔導師一人を殺すには、十分すぎる。

第十章

翌朝。

日が昇るころになってようやく魔道具の梱包を終わらせた俺《おれ》は、部屋の扉を開けた。

「終わったのか?」

部屋の扉の前では、ゴルドーが待っていた。

ライアス国王とルーミア姫は、食事をとっているようだ。

「これ、運べるか?」

俺はそう言って、部屋の中を指す。

魔道具作りに使った部屋の中には、3つの大きな木箱が積まれている。

大量の魔道具をまとめて詰め込んだだけあって、結構な大きさだ。

「中身は……今日作ってたものか？」

「ああ。しっかり梱包してあるから、多少ぶつけたり落としたりしても大丈夫だ」

せっかく作った魔道具が、輸送中に壊れたのでは話にならない。

魔道具はそれなりに頑丈に作っているし、多少ぶつけたくらいで壊れないように梱包もしている。

「このくらいなら、何とかなるが……手で運ぶと目立つな」

「荷車でも作ればいいか？」

「ああ。荷車なら大丈夫だと思うぜ」

「じゃあ作っておくから、ゴルドーは国王たちに出発を伝えてきてくれ。荷車ができたら、出発するからな」

「分かった」

そう言ってゴルドーが、ライアス国王たちを呼びに行った。

さて……今日はいよいよ、異世界に来て初めての暗殺だ。

◇

それから、数時間後。

俺は3つの木箱を載せた荷車を引いて、王都の近くへと来ていた。

「作戦の内容は覚えてるな?」

「ああ。俺たちは変装して街に入り、『ワイバーンの隠れ家亭』で待機。魔道具での連絡を待機、暗殺に成功したら、顔を出す」

「魔導師サタークスを倒した後の処理は、私に任せろ」

ゴルドーとライアス国王が、俺の問いにそう答える。

国王一行は全員、緊張の面持ちだ。


特にルーミア王女など、緊張を通り越して青い顔になっている。

まあ、この暗殺が失敗すればこの国は完全に乗っ取られることになるので、15歳くらいの少女ではそうなるのも当然なのだが。


ちなみに『ワイバーンの隠れ家亭』というのは、王宮からほど近い場所にある宿だ。

比較的治安がいい場所にあるが、極端に格式高い宿という訳でもない。


国王たちが一時滞在する場所なので、ラースルはもっと格式高い宿をと主張したのだが……

その意見は、国王によって却下された。

あまり格式高い宿だと、宿泊者は貴族や一部の上流貴族などに限られる。

たとえ変装魔法を使っていても、『見知らぬ顔』というだけで怪しまれてしまうのだ。


「オーケーだ。じゃあ、俺は準備に入る。無事に宿へたどり着けたら、こいつを起動してくれ」

そう言って俺は通信用の魔道具をゴルドーに手渡し、荷車を引いて近くの森へと入った。

今回の暗殺はかなり大量の魔道具を使うため、街中で展開すると非常に目立つ。

そのため、街の外から暗殺をするのだ。


「『展開』」


俺は森の中の、人気のないところまで荷車を引くと、そう呟《つぶや》いた。

すると……木箱がひとりでに開いて、中から大量の魔道具が出てきた。

出てきた魔道具の多くは金属と魔石、それから木材などで作られており、ネズミやカラスなどの、動物に似た形をしている。

これは街中で魔道具を暴《あば》れさせるにあたって、できるだけ目立たない形を追求した結果だ。

まあ、よく見ればすぐに分かるのだが。


「『起動』」

俺がそう呟くと、魔道具たちに搭載された魔石が鈍い光を発し……それぞれに歩いたり、羽ばたいたりしながら王宮の方へと向かい始めた。

今回使う魔道具は、一部を除いて複数の魔石を搭載した、高性能なものだ。

搭載された魔石のうち2つから3つは移動用、1つは遠隔操作のための通信用で、残りの魔石が暗殺に役立つ機能を持っている。

どれも俺が暗殺専用に設計した、特注品だ。

そんな魔道具たちを王都へと散らばらせつつ、俺はカラスの魔道具の中の一つに意識を向ける。

いくつかあるカラスの魔道具の中でも、偵察に特化した魔道具だ。

今回使う魔道具の中では特に大型で、その体内には数十個もの魔法計器が積まれている。

俺の目となって作戦を支える、今回の作戦のかなめと言ってもいい魔道具だ。


「……あそこか」


魔道具のカラスは上空を旋回しながら、だんだんと王宮へと近付いていく。

距離が近付くにしたがって、魔法計器がいくつもの魔法を検知した。

「……窓に結界が張ってあるみたいだな」

王宮の窓には、魔法結界の一種『有向結界』が張られていた。

この結界は、内側からの衝撃で簡単に破れるのだが、外側からの衝撃には強い。

そのため、外からの攻撃はしっかりと防ぎつつも、窓からの避難は妨げないということで、非常用の出口などに使われがちな魔法だ。

……国王に聞いた話では、窓に結界は張られていないという話だったのだが……どうやら、魔導師サタークスが張ったらしい。

窓が無防備なら、そこから爆発《ばくはつ》物を積んだ魔道具を突っ込ませて暗殺するつもりだったのだが、そこまで簡単にはいかないようだな。

そんなことを考えつつ俺は、カラスの魔道具を飛ばし続け、王宮の様子を観察し続ける。

まずは、暗殺対象の位置の把握からだ。

サタークスの外見はゴルドーたちから詳しく聞いているが……一番頼りになるのは、魔法計器だ。

高ランクの魔導師の魔力は、目立つからな。

しばらく魔道具を飛ばしていると、王宮の国王執務室に、ひときわ大きい魔力反応があるのが分かった。

「あそこか」

それと同時に、精神操作系の魔力反応も見つかった。

あれがサタークスだな。

そう考えつつ俺は、下水管からネズミ型の魔道具を忍び込ませる。

いくら王宮の警備が厳しいとはいっても、直径30センチに満たない下水管まで見張っている訳ではない。

魔道具は、簡単に王宮の中へ潜り込み、天井《てんじょう》を伝って進んで行く。

このネズミ型の魔道具は結構大きいのだが、周囲の色に合わせて自身の色を変える魔法に加え、周囲の意識を逸《そ》らす魔法が付与されている。

そのため……天井を進んでいれば、簡単には見つけられない。

「さて……ここで待機って感じだな」

ネズミ型の魔道具は、国王執務室の前で止まった。

執務室の扉は閉まっているので、ここから進むには誰《だれ》かが扉を開けるのを待たなければならない。

事前の手はず通りなら、そろそろ国王たちが宿に着く頃だが……。

そう考えていると、魔道具から声が聞こえた。

「こちらゴルドー。宿に到着した」

「了解。全員揃《そろ》ってるか？」

「全員無事だ。そっちはどうだ？」

「窓に結界が張られていたのが想定外だが、このくらいなら何とかなりそうだ」

そう、通信機に話していると……国王執務室の前に、数人の男がやってきて、扉をノックした。

全員、少し気の抜けたような、独特の目をしている。

……精神操作魔法にかけられた人間の特徴だな。

「入れ」

「失礼します、サタークス国王代理」

……国王代理ときたか。

やはり、国を乗っ取るつもりだというのは間違っていなかったようだ。

そう考えつつ俺は、開いたドアから部屋の中を観察する。

どうやら国王執務室の中は、かなり厳重に警備用の魔法が張り巡らされているようだ。

このネズミ型魔道具も、執務室に一歩でも入れば、その瞬間には気付かれるだろう。
これだと、バレずに暗殺用魔道具を仕込むのは難しそうだな。
しかも、執務室の机は入り口から見えない配置になっている。
つまり、扉が開いたタイミングでの狙撃《そげき》もできない。
この部屋……思ったよりもしっかり、暗殺対策がされているな。
だが、この程度ならまだ『殺せる』。

「改宗の件の進捗はどうだ？」
「すでに10の町に宣教師を派遣し、改宗の勧告を勧めています。昨日だけで、２４６名が改宗したとの報告です」

改宗……。
それって、信仰する宗教を変えるってことだよな。
サタークスは国を乗っ取って、そんなことをしているのか。

「２４６……少ないな」

「宣教師たちも頑張ってはいるのですが、やはり長年信じてきた神を乗り換えるというのは抵抗が大きいらしく……なかなか改宗が進まないそうです」

「もっと頑張りたまえ。この国の滅びを防ぐためには、ルーラス・マーズ様に頼らねばならん」

「はい。サタークス様」

……どうやらサタークスは、ルーラス・マーズという神の信仰をこの国に広めたいようだ。

だが……この世界にいる神は、女神ミーゼスと悪神マスラ・ズールだけだ。

しかし悪神マスラ・ズールは、他の神の信者を減らすために、偽名で新たな宗教を作ることがあるらしい。

ルーラス・マーズも、そんな偽名の一つだろう。

魔導師サタークスが、そのことを知っているのかは分からないが。

「では、改宗を急ぎたまえ。……改宗を拒む者はどうすればいいか、覚えているな?」

「拳《こぶし》と鞭《むち》をもって、『説得』いたします。そのために異端審問会を編成しました。明日から動きだせる予定です」

「よろしい。しっかりやりたまえ」

「はい。サタークス様」

どうやら改宗を強いるために、強硬手段を使うつもりのようだ。

拳と鞭って……説得というよりは、拷問による強要だな。

一応、ルーラス・マーズ教についても調べておくか。

「ちょっと聞きたいんだが、ルーラス・マーズ教って知ってるか?」

俺は魔道具を介して、ゴルドーにそう尋ねる。

すると、すぐに答えが返ってきた。

「この国では30年前くらいに信仰が始まった、割と新しい宗教だな。実益の多い宗教だって理由で、最近爆発的に信者数を伸ばしてるんだ」

「……実益？」

「ああ。教会に行くと、無料でパンがもらえたりするんだ。教義に『人への施し』というのがあるらしいが……どこから金が出てるのか、気になるところだな。一般人には好かれているが、色々と黒い噂《うわさ》もある」

物で釣って信者を増やしているのか。

しかし、その資金源の出所が分からないとなると……確かに、なかなか怪しいな。

「ちなみに、それ以外にはどんな宗教があるんだ？」

「この国だと、女神ミーゼス教だな。俺も含めて、30代以上の奴はほとんどミーゼス教徒だ。ルーラス・マーズ教徒は若い世代が多いな」

なるほど。

元々ミーゼス教徒の国だったところに、ルーラス・マーズ教が進出したという訳か。

……女神ミーゼスが言っていた、マスラ・ズールのやり口そのものだな。

「ところで、何でいきなり宗教の話になったんだ？」

「魔導師サタークスが、ミーゼス教徒をルーラス・マーズ教に改宗させようとしてるみたいでな。ちょっと気になったんだ」

そんな話をしていると……魔導師サタークスたちが話を終えたようだ。

精神操作魔法を受けた男たちが部屋を出たのを確認して、俺はネズミ型の魔道具を国王執務室の『隣の部屋』へと忍び込ませた。

これで、準備は完了だ。

暗殺前の、最終確認といくか。

「……暗殺を実行に移す。王宮に行く準備はできてるか？」

「私なら大丈夫だ。いつでもいける」

通信用魔道具から、国王の声が聞こえた。

実行の許可が下りたようだ。

「分かった。……じゃあ、いくぞ」

そう言って俺は――ネズミ型魔道具を窓際へと走り込ませ、魔法を起動した。

すると……ネズミ型魔道具が爆発し、窓と一緒に『有向結界』を破壊した。

すかさず俺は、王都上空を飛ばせていたカラス型魔道具たちに指示を出す。

戦況監視用の魔道具ではなく、魔法爆薬を搭載した魔道具――一種の、魔法ミサイルだ。

国王執務室の隣室に飛び込んだ魔法ミサイルは、そのまま壁に突っ込み、爆発を起こす。

爆炎とともに、国王執務室と隣室を隔てる壁が吹き飛んだ。

「襲撃か。……どこの誰かは知らないが、この私を殺せると思ったら大間違いだ」

そんな言葉とともに……爆炎の中から、魔導師サタークスが立ち上がった。

その体には、傷一つない。


「……攻撃反応型防御結界か」


——攻撃反応型防御結界。

外部からの攻撃に反応して、短時間だけ結界を展開する魔法だ。

この魔法は効果時間が長くて2秒程度と非常に短い代わりに、その間は高い防御力を発揮することができる結界だ。

術式が複雑で、構築が難しいが……不意打ち対策としては、非常に高い性能を誇る。

この術式を自分で組んだのであれば、魔導師サタークスはすご腕の魔導師だな。

そう考えつつ、俺は攻撃反応型防御結界が切れるタイミングを見計らって、さらにカラス型魔法ミサイルを連続して突っ込ませる。

「魔力よ、我を守りたまえ」

魔法ミサイルが着弾する直前に、魔導師サタークスが魔法を詠唱した。

サタークスの周囲に、卵のような形の結界が展開される。

そこに突っ込んだカラス型魔法ミサイルは、次々に爆発するが——結界には傷一つない。

「……長尺の詠唱魔法か。さすがに頑丈だな」

詠唱魔法というのは、言葉の力を借りて魔力を制御する魔法だ。

詠唱が長くなるほど、魔力を強力に制御できるため、魔法の出力が高くなる。

5文字を超える詠唱魔法となると、魔法使いの中でも、特に技術に優れた魔導師にしか使いこなせない、高度な技術である。
今の魔法は10文字――生半可な技量では、発動できない魔法だ。

「じゃあ、これはどうかな？」


王都の上空に、巨大なカラス型の魔法ミサイルが浮かんでいた。

俺が暗殺のために運んできた3つの木箱のうち一つは、このミサイルを入れるためだけに用意したものだ。

ミサイルの後部には、推進用の補助ブースターが取り付けられている。


このカラスは他のカラスと違って、自力で上昇することができない。

あまりに自重が重いため、大出力の補助ブースターによって目標の高さまで運んでもらわなくては、飛ぶことすらできないのだ。


その重さの理由は――内部に仕込まれた、大量の魔法爆薬。

これまで魔導師の襲撃に使ったカラス型魔道具たちとは、比べものにならない威力だ。

たとえ10文字の詠唱魔法結界でも、この威力は防げない。

「くっ……厄介な！」

魔導師サタークスは発動の早い無詠唱魔法で、巨大ミサイルを迎撃しようとする。

だが俺は、魔法の起動を遮《さえぎ》るようにカラス型魔道具を飛ばせることで、迎撃を防ぐ。

「強大なる魔力よ、そして我らが神よ。強固な盾となりて、我を守りたまえ」

「……何文字あるんだよ……」

もはや、詠唱の文字数を数える気すら起きない。

これだけ長い詠唱など、ＶＬＯで最強クラスの魔導師でさえ扱えなかったはずだ。

俺は一瞬、魔導師サタークスが魔法の発動に失敗しないかと期待した。

だが、その期待もむなしく――光り輝く結界が、魔導師サタークスの体を包んだ。

次の瞬間――魔法ミサイルが結界に激突し、爆発を起こした。

爆風の余波で、観測用のカラス型魔道具が揺れる。
王都のはずれの森にいる俺にまで、爆発音は聞こえてきた。
だが……。

「なかなかやるな。……だが、そんなもので私を殺せるとは思わないことだ」

壁も床も吹き飛び、下の階と一体化した執務室。
原形をとどめないまでに破壊された、高級家具の数々。
そんな中――魔導師サタークスには、傷ひとつなかった。

「うわ、化け物かよ……」

ＶＬＯの上位魔法使いですら、ここまでの魔法力を備えた者はいなかった。
たった数秒で唱えた詠唱魔法で、あの魔法ミサイルを防ぐって、反則だろ……。

だが、殺す。

「……まさか、これを使うことになるとはな」

魔導師サタークスの足下には、大量の魔石が転がっていた。
魔法ミサイルの中に、魔法爆薬とともに仕込んでいた魔石だ。
その魔石が――強い光を放ち始めた。

いま光っている魔石が、俺の奥の手。
あらゆる魔導師を殺す、最凶最悪の暗殺魔法。
その名も『霊魂破壊』だ。

この魔法は、大量の魔石を共鳴させることによって霊魂を破壊する特殊な魔力波を発生させ、対象の魂を破壊する。

魔力波は、あらゆるものを貫通する。
どんなに頑丈な魔法結界でも、魔力波は防げない。
どんなに強い魔導師でも、その生命の根源である『魂』までは強化できない。

そして『魂』を守るための魔法は、存在しない。

発動さえできれば、即死確定の一撃——それが『霊魂破壊』。

俺は爆風と爆炎にまぎれて、その術式を発動させていた。


「なっ……魂の術式だと⁉」


光り輝く魔石を見て、魔導師サタークスが初めて驚きの表情を見せた。

だが今更焦《あせ》っても、もう遅い。

『霊魂破壊』の術式は今や、俺自身にすら止められない状態だ。

そんな魔石を見て——魔導師サタークスが、早口に呪文《じゅもん》を唱え始める。

「我らが神よ。我らが偉大なる神、マスラ・ズールよ。我が身を食らいたまえ。願わくばその褒美として、我が魂にひとときの守りを与えたまえ——！」

先ほどの防御魔法とすら比べものにならないほど、長大な詠唱。

詠唱が終わると同時に、魔導師サタークスの右腕と左腕が、溶け落ちるように崩れ始めた。

そして――サタークスの腕と目が完全に消滅したところで『霊魂破壊』が発動する。

どんなに強い魔導師でも、その生命の根源である『魂』までは強化できない。

そして『魂』を守るための魔法は、存在しない。


そのはずだった。

だが、魔導師サタークスは、生きていた。


「……なめるな……！」


目と腕から血を流し、荒い息を吐きながらも、魔導師サタークスは生きていた。

あの詠唱が意味することは明白。魔導師サタークスは自らの腕と目を悪神マスラ・ズールに捧《ささ》げ、魂の守りを得たのだ。

このような魔法、ＶＬＯには存在しなかった。

魂を守ることができる魔法など、反則もいいところだ。

こんな滅茶苦茶《めちゃくちゃ》な魔法を使う奴なんて、殺しようがない。

……だが、殺す。

「……見つけた」

魔導師サタークスの目が、俺がいる森の方を見る。
どうやら遠隔操作魔法の微弱な魔力をたどって、俺の場所を特定したようだ。
本当に優秀な魔導師だ。

そして魔導師サタークスは、俺の方に向かって1歩を踏みだし……そこで前のめりに倒れた。

「なぜ、だ……」

魔導師サタークスが、呆然《ぼうぜん》と呟く。
その肩には、1本の針が刺さっていた。

これが、俺の本当の奥の手だ。

どうせ使わないだろうと思いながら、準備していたが……まさか、これが役に立つとはな。

直径0・2ミリにも満たない、極細の針。

腕と目を失った痛みの中では、刺さったことにすら気付かなかっただろう。

あの針には、俺が調合した毒が塗られている。

どうあがいても解毒できない、最凶最悪の毒だ。


「我らが……神……よ……」


魔導師サタークスは、それでも魔法を詠唱しようとする。

だが、その途中で力尽き、詠唱は止まった。


「……簡単な暗殺かと思ったが、そうでもなかったな」

王宮を半壊させる規模の爆発に無傷で耐え、『霊魂破壊』すら防ぐ魔導師が、毒針1本で死ぬ。

これだから、暗殺は面白《おもしろ》い。

そう考えつつ俺は、偵察用のカラス型魔道具を介して王宮の様子を見る。

すでに中にいた人々の精神操作魔法は解けたようで、内部は随分と慌ただしくなっていた。

「対象の死亡を確認。依頼は成功だ」

俺は通信魔法に向かって、依頼の成功を告げる。

「……ありがとう。この恩は必ず返す」

通信魔法から、国王の声が聞こえた。

「あとは任せていいか？」

「ああ。派手にやってくれたおかげで、私も動きやすい」

精神操作魔法が解けた以上、あとは国王に任せておけば何とかしてくれるだろう。

政治のことは、政治のプロに任せるに限る。

「分かった。状況が落ち着いたら連絡してくれ」

そう言って俺は、通信を切った。

さて、適当に宿でもとって、時間を潰《つぶ》すとするか。

◇

魔導師サタークスの暗殺から数日経《た》ったある日。

俺が宿泊していた宿に、国王からの手紙が届いた。

手紙には、暗殺依頼の報酬を渡すから、王宮に来てくれと書かれていた。

これで正式に、依頼達成となるわけだ。

「……こんなに面白い依頼は、初めて受けたな」

女神ミーゼスから悪神マスラ・ズール討伐《とうばつ》の依頼を受けてから、散々な目にあった。

何も持たない状態で飛ばされるわ、もとの世界には帰れそうにないわ……普通の人間なら、激怒していてもおかしくはないところだ。

だが……俺はむしろ、女神ミーゼスに感謝していた。

この世界に来て初めての暗殺対象――魔導師サタークスは、理不尽なまでに強かった。

数十文字にも及《およ》ぶ詠唱魔法を使い、『霊魂破壊』にすら耐える魔導師など、ＶＬＯにはまず存在しない。

もし魔導師サタークスが最後の毒針を避《よ》けていたら、俺は確実な殺されていたことだろう。

あんなにギリギリの暗殺を味わったのは、これが初めてだ。

女神ミーゼスの依頼がなければ、こんなに楽しい暗殺を味わうことなど、一生できなかったはずだ。

こんなに面白い世界に送り込んでくれた女神ミーゼスには、感謝してもしきれないほどだ。

だから、女神ミーゼスの依頼は絶対に達成する。

悪神マスラ・ズールを暗殺する方法は、すでに考えた。

まずは、その作戦を——実行に移すとしよう。

あとがき

はじめましての人ははじめまして。そうでない人はこんにちは。進行諸島《しんこうしょとう》です。

本シリーズは新連載ですし、本編より先にあとがきを読む人も多いと思います。

……ということで、早速シリーズ説明から入りたいと思います。

この『暗殺スキルで異世界最強』シリーズは、異世界に転生した主人公が『生産スキル』を駆使《くし》した『暗殺術』によって無双するシリーズとなっています。

本作の世界には、化け物じみた人間が大勢います。

特に暗殺対象であり主人公にとって最大の敵である『悪神マスラ・ズール』の加護を受けた者たちは、もはや人間であるかすら怪しいほどの化け物揃《ぞろ》いです。

身体的な性能や魔力で言えば、主人公は普通の人間です。

ですが！　――主人公は無双します！

積み重ねてきた技術と工夫で、彼は化け物としか言いようのない人間を打ち倒していきます。力によるゴリ押しではなく、技術によって勝利を重ねていく主人公の姿はまさに必見です！


シリーズ紹介は以上です！

彼がどうやってそれを成し遂げるのかは……本編でお確かめください！


ということで、そろそろ謝辞《しゃじ》に入らせていただきたいと思います。

書き下ろしや原稿のチェックなどについて、的確なアドバイスを下さった担当編集の方々。

素晴らしい挿絵をつけてくださった、赤井《あかい》てら様。

それ以外の立場から、この本に関わってくださっているすべての方々。


そして、今この本を手にとって下さっている、読者の方。

この本を出版することができるのは、皆様のおかげです。本当にありがとうございます。

2巻も面白いものをお送りすべく鋭意製作中ですので、楽しみにお待ちいただければと思います！

最後に宣伝を。

今月は私の他作品『失格紋の最強賢者』11巻が同時発売です！

こちらは長期シリーズであるものの、今から1巻を読み始めても楽しめるようなシリーズですので、前から買っていただいている方も、新たに興味を持っていただけた方も、ぜひ手にとっていただければと思います。

それでは、また次巻で皆様にお会いできることを祈って。

進行諸島

GAノベル
暗殺スキルで異世界最強
～錬金術と暗殺術を極めた俺は、
世界を陰から支配する～

2020年1月31日　初版第一刷発行

著者　進行諸島
発行人　小川 淳
発行所　SBクリエイティブ株式会社
〒106-0032　東京都港区六本木2-4-5
03-5549-1201　03-5549-1167（編集）

装丁　AFTERGLOW
印刷・製本　中央精版印刷株式会社

乱丁本、落丁本はお取り換えいたします。
本書の内容を無断で複製・複写・放送・データ配信などをすることは、
かたくお断りいたします。
定価はカバーに表示してあります。

©Shinkoshoto
ISBN978-4-8156-0456-1
Printed in Japan

ファンレター、作品のご感想をお待ちしております。

〒106-0032　東京都港区六本木 2-4-5
SBクリエイティブ株式会社
GA文庫編集部 気付

「進行諸島先生」係
「赤井てら先生」係

本書に関するご意見・ご感想は
下のQRコードよりお寄せください。
※アクセスの際に発生する通信費等はご負担ください。

https://ga.sbcr.jp/

第13回 GA文庫大賞

GA文庫では10代～20代のライトノベル読者に向けた
魅力あふれるエンターテインメント作品を募集します！

大賞賞金300万円＋ガンガンGAにてコミカライズ確約！

◆募集内容◆

広義のエンターテインメント小説（ファンタジー、ラブコメ、学園など）で、日本語で書かれた未発表のオリジナル作品を募集します。希望者全員に評価シートを送付します。
※入賞作は当社にて刊行いたします。詳しくは募集要項をご確認下さい。

応募の詳細はGA文庫公式ホームページにて https://ga.sbcr.jp/